Círculo Rojo

El caballero del pasado
y la profecía de la orden

El caballero del pasado y la profecía de la orden

JESÚS LOZANO GAYO

Círculo Rojo
EDITORIAL

Primera edición: junio 2024

Depósito legal: AL 210-2024

ISBN: 978-84-1061-556-4

Impresión y producción: Editorial Círculo Rojo

© Del texto: Jesús Lozano Gayo
© Maquetación y diseño: Equipo de Editorial Círculo Rojo

Editorial Círculo Rojo

www.editorialcirculorojo.com

info@editorialcirculorojo.com

Impreso en España - Printed in Spain

Índice

PRÓLOGO

El caballero del pasado es un libro muy especial, no solo cuenta una historia, sino que también me refleja a mí.

Antes de comenzar a leer esta historia me gustaría aclarar que todos los personajes, acontecimientos y escenarios son ficticios, aunque intento dar un punto de vista histórico, adecuado a los acontecimientos reales. Rioviejo, Vilaboreña, Aarón, Alba, las costumbres de la región, Don Pelayo…, todos ellos solo existen en mi imaginación y espero que, después de leer esto, también lo hagan en la tuya. Como decía, las costumbres generales sí se adaptan a la historia de la humanidad, como: el feudalismo, nacionalismo, Ilustración, Renacimiento, absolutismo, Inquisición…

Cada personaje refleja mis rasgos principales: Alba, mi cualidad de conocer; Lara, mi inclinación hacia la medicina; Marcos, mis miedos y fortalezas; Alonso, mi astucia y creatividad; y Aarón, mi perseverancia y mis sentimientos.

Siempre que leía un libro, creía que era monótono, por eso me encantaba escribir microrrelatos e historias donde se viera reflejada mi creatividad y donde dejaba que mi imaginación arraigara, hasta que un día redacté este libro, después de probar a escribir muchos otros. Por estas razones, esta historia tiene una trama enrevesada, siempre surge un conflicto nuevo. Además, es una mezcla de todos aquellos libros que mencioné antes, que se quedaron en un "casi". Para mí, terminar este libro significa un logro personal y un sueño cumplido.

CAPÍTULO 1
La orden de Rioviejo

La orden de Rioviejo, orden de caballería natural del mismo pueblo, tierra de labriegos y de nobles. Esta orden fue creada en el año 1311, por el señor feudal de aquella comarca, con el propósito de protegerlos a él y a sus tierras, pero poco a poco fue tomando poder.

No fue hasta 1378 cuando esta historia tuvo comienzo, historia inexplicable, llena de misterio, pues el lugar donde todo comenzó merece una descripción propia de un libro de terror.

Nos encontramos en el agro de Rioviejo, a las afueras del casco histórico, en la oscuridad de la noche; misma oscuridad que teñirá los acontecimientos futuros a ese día de 1378. Los campesinos que trabajaban esas tierras, mayoritariamente de viñedos, descansaban esperando un día más de su jornada. El silencio habitaba en la extensión arbolada que componían las afueras del pueblo. Algún grillo se dejaba oír, pero en ese silencio nocturno, se empezaron a escuchar topadas. Al principio de una manera tenue, pero cada vez iban incrementando más la energía. Después de un rato, las topadas suaves que se oían anteriormente se convirtieron en alarmantes zancadas que se dirigían a las alturas del castillo de Rioviejo, perteneciente a la orden de caballería, el cual se encontraba en un cerro de una altura media, que lo convertía en un lugar estratégico de vigilancia. Pasados los altozanos que se anteponen al cerro, los galopes empezaron a sumarse. Había unos tres caballos; a lomos de estos, se encontraban unos caballeros que no se cubrían su cabeza con un casco, sino que solo se conformaban con una cota de malla, una sobrevesta con el escudo del condado, escarpes en los pies, guanteletes para las manos y avambrazos en los antebrazos. Llevaban espadas envainadas sujetas a su cinturón. Uno de esos caballeros portaba una capa roja. Ese jinete se anteponía en la huida de los caballeros mientras gritaba:

—¡Huid de aquí, no miréis atrás, iremos directos a la fortaleza!

A sus espaldas, había media docena de caballeros de otra orden señorial, que venían a reclamar las tierras en nombre de su señor; por ese motivo, los riovejanos aceleraron su marcha. Una vez habían subido el cerro, entraron en su fortaleza. La mayoría de los soldados enemigos no pudieron subir debido a que sus caballos no estaban adiestrados ni capacitados para ascender esa prominencia tan pedregosa, muchos otros se perdieron por la alameda que conduce al castillo y los soldados restantes que se quedaron a puertas de la gran fortificación fueron recibidos con flechas procedentes de las almenas. Estos huyeron espantados.

—No puede ser, ya es la tercera vez que nos atrincheramos por una ofensiva enemiga —comentó el mismo soldado que llevaba la capa. Se llamaba Martín Juárez, más conocido solo como Juárez. Era el alcaide de la orden caballeresca.

—La profecía se está cumpliendo —insinuó uno de los militares que allí se encontraba.

—No pronunciéis tal necedad, que sea el tercer ataque es mera coincidencia —pronunció otro soldado de alto rango.

La profecía del castillo proviene de los inicios de la orden:

Un caballero misterioso llegó moribundo a la fortaleza en 1342. Consigo, traía un manuscrito, unos augurios importantes. El alcaide, el antecesor de Juárez, dio la orden de atender al caballero. Este era extraño, por la noche se alcanzaban a entreoír voces que provenían de su cuarto. El caballero se negaba a clarificar los hechos que le habían sucedido, ni siquiera aceptaba esclarecer su procedencia.

Tiempo después, en el castillo, empezaron a ocurrir hechos insólitos. Los caballeros, cansados de esta situación, fueron a acabar con el forastero, ya que sabían que todo el mal emanaba de este. Cuando lo encontraron, el extraño militar yacía en el suelo con un papiro en la mano. El cuerpo terminó desapareciendo misteriosamente y solo se conservó el pergamino, el cual tenía tres augurios importantes, el último era una profecía horrible. Aquel caballero había abierto un portal del mal en aquel castillo. Mientras este estuviera abierto, los presagios seguirán su curso; por ese motivo los dos primeros se cumplieron, ya que no tenían conocimiento de esto. Los que residían en el castillo se dieron cuenta de que algo pasaba, pues se habían cumplido dos de los vaticinios de aquel extraño soldado del mal. Al principio no los tomaron muy en serio, pero después de los terribles acontecimientos dados, quisieron prevenir la última profecía debido a que era la más sentenciadora. Para prevenirla, llamaron a un augur que les explicó que en su fortaleza se hallaba una puerta que conectaba con el más allá y que era la responsable de traer los infortunios que había en el papiro. Tras la explicación del augur, comprendieron que la última profecía y más terrible estaba por cumplirse; por ello, este adivino propuso una solución para cerrar ese acceso con el mal y prevenir el último vaticinio. Con el consentimiento del alcaide, los soldados se embarcaron en una expedición en busca de la reliquia de un santo, a órdenes del pitoniso, ya que era clave para acabar con ese mal. Cinco soldados se embarcaron en la búsqueda de la reliquia, finalmente, la hallaron en una cámara secreta de una ermita del sureste del país. Solo un militar logró regresar, aunque agonizante y con el mismo estado que trajo el forastero, con heridas, la tez maltratada y el cuerpo sanguinolento. Poco tiempo pasó de la llegada de la reliquia para que el adivino se adentrara en su enmienda; así, el pitoniso se encerró en los aposentos que pertenecieron al caballero del mal, hasta que halló una solución. Fueron trece horas las que aquella puerta permaneció cerrada. Pasado ese tiempo, el acceso se abrió solo. El augur había desaparecido al igual que la reliquia, pero la nube que antes cubría la fortaleza desapareció y dejaron de suceder cosas inexplicables. Eso fue así durante mucho tiempo. La habitación del caballero del mal fue clausurada y el pergamino con la profecía permaneció guardado en una cámara secreta del castillo. Todo parecía estar bajo control, hasta que un día, una tormenta eléctrica irrumpió en Rioviejo y uno de los rayos se adentró en la gran fortaleza, yendo a parar a la habitación maldita, destrozando el suelo y quitando el sello que mantenía el más allá y la realidad separados. Más tarde, la misma nube de oscuridad volvió a tomar posesión del cielo que cubría al castillo; de ahí que anteriormente se relatara la preocupación de los soldados y la creencia de que el mal volvía a asolar en Rioviejo.

Las tres profecías del papiro perteneciente al caballero del mal, sobrenombre que le pusieron los riovejanos, eran:

1-. La primera trompeta de la discordia sonará, al comienzo de la siguiente estación. Los nobles de Rioviejo, así como el alcaide de este mismo fortín, serán manchados de rojo intenso, tras un accidente. Rioviejo se adentrará en un descontrol y un vacío de poder que debilitará las tropas y hará posible el ataque de los enemigos.

Esta se cumplió. Cuando Rioviejo se encontraba en discordia con los pueblos vecinos. Los dirigentes se reunieron con el propósito de zanjar ese conflicto, pero a mitad de la reunión un escuadrón militar asaltó la sala, dando fin a las vidas de estos dirigentes. Gracias a esto, los enemigos aprovecharon para atacar el lugar, lo que debilitó mucho al pueblo.

2-. La segunda trompeta de la discordia sonará, cuando el ejército haya vuelto a retomar fuerzas. Una gran nube de oscuridad cubrirá Rioviejo, provocando enfermedades, malas cosechas, muerte, hambre y decadencia, desencadenando épocas malas para la población, esta perdurará.

Así fue cuando la oscuridad invadió el lugar, trayendo consigo la peste y las malas cosechas. Esto arraigó con la muerte del ganado y la propia muerte de la población por pestilencia o hambruna, creando una de las mayores épocas de decadencia en Rioviejo.

3-. La tercera trompeta de la discordia sonará, cuando tres ataques enemigos, procedentes de una orden mayor, sean recibidos sucesivamente y cuando cuatro desgracias sean anunciadas. Rioviejo se destronará, el ejército finalmente será derrotado, tomarán la gran fortaleza, el fuego vendrá, la población ya no estará y Rioviejo, tal y como lo conocemos, desaparecerá.

Esta sería la última profecía, aquella que creían que se podía llegar a cumplir.

CAPÍTULO 2
Un viaje al presente

Juárez quiso alentar a sus soldados.

—No hay por qué amedrentarse, pues solución a nuestras preocupaciones sabremos encontrar.

Seguidamente hubo silencio en todo el castillo hasta que un grito resonó en cada rincón del lugar. Los caballeros, atemorizados por el alarido, se apresuraron al lugar donde se había emitido. Ese quejido desgarrador los condujo hasta la capilla, donde en el suelo se retorcía un soldado que había sido atacado con espada.

—¡Don Ramiro! ¿Qué ha ocurrido? —preguntó Juárez.

—Mi señor, han huido, han huido con la reliquia.

—¿Quién ha huido?

—El caballero del mal.

La cara del alcaide se tornó blanquecina, pues en la capilla se guardaba la reliquia insigne de Rioviejo. Tras la muerte de aquel soldado que trajo la reliquia requerida por el adivino, debido a su labor heroica para salvar la cristiandad del mal que quería acceder por el castillo y por los mensajes que Dios le había transmitido, lo canonizaron. Cuando este llegó agonizando, estuvo ocho días enfermo y en cama. En esos días tuvo muchas visiones sobre los acontecimientos futuros. Dijo que, para mantener el lugar sacro, debían cerrar la puerta de la habitación del mal tras la sesión de espiritismo y guardar la llave bajo los ojos de Dios y de María, en la capilla. Además, dio instrucciones claras ante el peligro. Una de las comunicaciones fue que debían salvaguardar otra reliquia que él les iba a entregar. Los caballeros siguieron los pasos de este soldado; cuando solo les faltaba recibir la reliquia que este les iba a brindar, falleció. Este caso llegó a los oídos del papado, fue beatificado y finalmente canonizado. Tras estos acontecimientos, en Rioviejo comprendieron que la reliquia prometida era el mismo caballero, declarado santo. Este fue enterrado en la capilla y en el altar se encontraba su sangre, declarada reliquia insigne de Rioviejo. Todo esto ocurrió una vez que la puerta al más allá había sido sellada. Sabiendo esto, la reliquia había sido robada cuando uno de los caballeros fue a recoger la insignia sacramental, puesto que san Gonzalo, nombre del caballero, advirtió que ante el peligro se resguardara la reliquia en primer lugar y que se utilizara para sellar el portal en caso de reabrirse.

—¿Estáis seguro de lo que pronunciáis? —preguntó Juárez exhausto.

El caballero no contestó.

—Señor, no os dais cuenta: *la tercera trompeta de la discordia sonará cuando… cuatro desgracias sean anunciadas.* Ya ha ocurrido la primera desgracia —recalcó un guerrero.

Momento después, otro grito volvió a afligir a los caballeros: "¡Fuego!". A continuación, se pudo observar a una decena de soldados huyendo de un fuego originado en la biblioteca. Otros tantos soldados corrían cargando cubos de agua. Aunque se pudieron controlar las llamas en su lugar de origen, el incendio ya se había extendido por todos los rincones del lugar.

—Señor, ya se ha anunciado la segunda desgracia y se ha cumplido la mención de: *el fuego vendrá* —recordó el mismo soldado.

Mientras el incendio se desataba en el castillo al igual que el caos, uno de los vigilas que patrullaba las murallas, se acercó al alcaide a toda prisaa, quien aún se encontraba en la capilla junto a otros soldados, y suspiró tras balbucear casi sin aliento.

—Atacan…

Desde la marca que separaba el condado de otro feudo vecino, se distinguía un pelotón de la orden adversaria viniendo a reclamar las tierras. El alcaide Juárez, sin pensárselo, salió corriendo, tomó un caballo y dijo a su segundo al mando:

—Si en 10 minutos no he regresado, ya sabéis qué medidas tomar.

Así fue como el alcaide salió galopando con su capa al vuelo para impedir el avance enemigo, que no sirvió de mucho, pues pasada la marca, una lluvia de flechas le cayó y derribó.

—Pasaron 10 minutos y aún no está de vuelta —avisó un soldado.

—Ten fe y paciencia —contestó el segundo al mando llamado Alonso Mena.

Transcurrió cerca de un cuarto de hora, el alcaide no había llegado y Mena procedió a tomar las medidas indicadas para ese caso.

—Escuchadme a mí todos. Don Juárez ha caído en batalla como un héroe, ahora debemos parar esta maldición, pues con este anuncio, se cumplen los cuatro sucesos que vaticinó la profecía. Atención, la mitad de vosotros debéis entrar en los aposentos malditos. Ahora, al no tener reliquia, lo único que puede mantener al mal dentro de este portal son vuestros rezos. Así sellaremos la entrada, impidiendo que el mal pueda proliferar. La otra mitad estáis destinados a contener a las tropas, dado que la mitad solo sois 40 y que el pelotón que viene está compuesto por 60 soldados, estáis destinados a caer, pero al ser nosotros más fuertes que ellos, con solo 40 caballeros podremos neutralizar a 60 sin que ninguno salga victorioso. Haced esto y todo saldrá según lo esperado.

Todo se hizo de esa manera, la mitad de los caballeros se aisló en la habitación del mal, la otra mitad se armó y salió de la fortaleza a contener al pelotón enemigo, a sabiendas de lo que el futuro les depararía, pero eran fieles a su orden y muy serviciales, ya que, al ordenarse caballeros de Rioviejo, hicieron un juramento de lealtad y servicio. Los soldados salieron a defender su territorio en una guerra equilibrada pero devastadora. Los caballeros desenvainaron sus espadas y antepusieron sus escudos, algunos de ellos portaban lanzas. Estos se encararon a los adversarios y defendieron con valor su tierra. Mientras tanto, el resto de los soldados ya se había encerrado en la habitación, parcialmente despejada, con solo una cama, un mueble de madera con capacidad para guardar objetos, una pequeña ventana y un escritorio de madera acompañado de una silla del mismo material. Los caballeros, arrodillados, comenzaron a emitir rezos prolongados. La llave la llevaban consigo, además de algunos crucifijos. Transcurrió una hora donde ocurrieron hechos confusos, pero eso sí, el portal consiguió cerrarse, aunque todos los caballeros que allí se encontraban desaparecieron como desapareció el adivino. De esta manera se cumplió parte de la profecía, ya que la orden finalmente fue derrotada y el fuego llegó a la fortaleza después de los tres asaltos y cuatro desgracias: el robo de la reliquia, el incendio del castillo, el ataque enemigo y la muerte del alcaide. La profecía no pudo terminar debido a que los caballeros habían conseguido censurar el acceso del mal por medio de sus rezos y fe, o al menos eso se creía…

Cuando todo había terminado, estaba amaneciendo, eran las 6 de la mañana aproximadamente y esa noche se consideró la noche maldita de Rioviejo. Además, el fuego perduró hasta esas horas, cuando fue sofocado.

Rioviejo fue tomado por el sistema impuesto por un nuevo señor feudal. Esto causó disconformidad entre el pueblo, debido a los elevados impuestos y régimen al que sometía a la población de sus tierras. Eso causó múltiples revueltas entre los campesinos y sirvientes riovejanos.

Sorprendentemente, la gran fortaleza no estuvo habitada, sino que tras la caída de la orden de Rioviejo, intentaron tomar el castillo, pero ocurrían cosas tan extrañas, que ninguna orden duró más de un mes en sus entrañas.

El tiempo transcurrió en Rioviejo, este siguió con sus labores agrícolas, ya que era el principal medio de subsistencia del pueblo. Como mencioné anteriormente, el medio más importante de esas tierras eran los viñedos, de manera que Rioviejo era especialmente conocido por sus vinos y por su excelente gastronomía. Comentando más datos relevantes sobre Rioviejo, podemos decir que cuenta con 6000 habitantes y es un pueblo histórico, por lo que suele recibir mucho turismo.

Volvemos a 1400 para crear una línea temporal sobre el pueblo. En los años posteriores, recibió mucha fama entre las aldeas y poblados de la comarca; no obstante, ya no eran tan poderosos sin su orden, pero fueron reconocidos por otras causas, entre las más destacadas estaban el comercio y la producción agraria exportada por los alrededores. Comerciaban con productos como vino, aceite, pan u hortalizas, especialmente calabazas y zanahorias. Su fama fue tanta, que incluso llegó a oídos de la gran metrópolis. Esta visibilizó mucho a su población y a sus acciones, con la condición de garantizar un comercio con los productos locales hacia el señor feudal. Al no haber orden, en Rioviejo se establecieron los propios caballeros de la metrópolis, al servicio del señor con el que establecieron comercio, además de los soldados de la comarca. Terminando este siglo, la Edad Media estaba finalizando. El reino al que Rioviejo pertenecía extendió sus territorios derivado de la gestión del rey Leonardo I, quien sometió el reino a una monarquía absoluta y creó una nueva dinastía real.

Todo siguió con el renacimiento, sobre 1500. En Rioviejo, surgió la curiosidad y el deseo de aprender, de ese modo, emergieron figuras ilustres en el pueblo como el doctor Avilés, quien viajó por el país ejerciendo su labor; o Rodrigo de Rioviejo, nieto del conde de dicho pueblo que, tras el asesinato de su padre (heredero del condado) derivado de un brote psicótico de su propio abuelo, se crio con su madre y abuela. A la corta edad de 6 años, decidió tomar una vida pícara, siendo consciente de que provenía de una familia acomodada. Vivió muchas aventuras en su querido pueblo, pero también fuera de este. Trabajó en varias ocupaciones para ganarse el pan. Sirvió a muchos barones y condes, algunos no lo trataron muy bien, sin saber que era el próximo heredero del título nobiliario de Rioviejo, pero eso sí, aprendió muchas lecciones y entendió cómo era la vida humilde. Al cumplir su mayoría de edad, volvió para reclamar el título que le correspondía. Se graduó en la universidad y fue muy influyente para el reino. Introdujo un sistema de moneda que posicionó al reino por encima de los otros que construían la nación.

Gracias a estas ganas de saber que emergió en la población durante este periodo, en el pueblo se fundó una universidad financiada por las cortes generales; por este motivo, el pueblo tuvo su auge cultural y demográfico, debido a que venían muchos estudiantes que finalmente se quedaban allí, enamorados del pueblo.

En 1600, época barroca, el reino había sido sustituido por una única demarcación, perteneciente a un reino mayor, agrupando a los territorios de los alrededores. A esta región, se incorporaron nuevas metrópolis a causa de su expansión y colonización de algún país del submundo. En esta época, el arte se profesionalizó y fue un periodo de esplendor cultural. En Rioviejo nacieron escritores y pintores famosos, al igual que en el resto de la comarca. El teatro se extendió y fue la principal fuente de entretenimiento. En Rioviejo, se crearon dos corrales de comedia importantes y una compañía de teatro que viajó por el reino, representando obras de comedia, enredo, drama u hechos históricos, como por ejemplo: *La batalla final de la orden de Rioviejo*. Esta obra surgió ya que estaban orgullosos de la fortaleza que tenían como monumento representativo del condado, y consigo la orden tan poderosa que allí habitó. Durante este periodo, hubo una compañía militar de soldados del pueblo referido, de unos 100 guerreros. Esta ayudó en las colonizaciones. Se instalaron en el castillo para usarlo de base militar. De nuevo, una serie de sucesos extraños impidió que duraran mucho tiempo allí. Se tuvieron que trasladar a otro pueblo. En su tiempo de gloria llegaron a tener 223 soldados.

Durante 1700, las colonias se establecieron. Uno de los países intentó invadir la nación, y así lo hizo. Rioviejo cayó en manos adversarias al igual que el resto del reino; no obstante, el pueblo, como toda la nación, se rebeló. La revuelta más importante fue "La revolución de los 13 comandantes". Rioviejo contribuyó a gran escala, dos de los trece comandantes que dirigieron la revolución eran riovejanos. Asimismo, en el lugar, los pobladores también se alzaron ante la injusticia y acabaron con los guerreros enemigos en un enfrentamiento. Tiempo después se declaró la independencia de los pueblos afectados mediante un tratado, a causa de la gran presión que ejerció el reino sobre el atacante. A raíz de esto, surgieron los primeros contratos sociales en muchos territorios, entre ellos Rioviejo. Por consiguiente, se declaró la primera constitución y una monarquía constitucional que ya proponía los derechos del ciudadano, un sistema parlamentario y la separación de poderes. El rey ya no concentraba los tres, sino que se dividían en poder ejecutivo, legislativo y judicial.

Durante 1800, siglo XIX, hubo distintas revoluciones industriales que tenían como propósito el desarrollo de la sociedad e industrialización. A Rioviejo llegaron distintas máquinas que ayudaron al desarrollo de la localidad, así como a la facilitación de las labores agrícolas. Gracias a esto, ganó importancia en otros sectores. Se facilitó el acceso al pueblo con los transportes, por lo que la gente podía salir y entrar con mayor frecuencia y facilidad.

La electricidad también fue un gran avance; sin embargo, en el pueblo hizo su aparición posteriormente a su descubrimiento. En Rioviejo, durante esta época, se volvió a expandir la idea del saber y progresar, por lo que nacieron una serie de "iluminados", entre los más importantes destacan: el descubridor de un tratamiento eficaz para los síntomas de una infección bacteriana, pero sin llegar a erradicar del organismo infeccioso; uno de los mejores pintores impresionistas, sus obras se conservan en el museo de la zona; un arquitecto que tuvo mucha fama en distintos países y que ayudó en las mejoras de Rioviejo, creando un sistema de canalización, reforzando la sujeción de las infraestructuras, renovando vigas y diseñando casas en la expansión del territorio a las afueras del pueblo. En general, elementos arquitectónicos novedosos que mejoraron la calidad de vida del pueblo; y, por último, una escritora que defendía los derechos del ciudadano. Además, algunas colonias se independizaron de la nación. Las comarcas y territorios, a mediados de este siglo, se agruparon como regiones instauradas.

Durante la época, surgieron ideas nacionalistas que tenían como propósito resaltar la grandeza del pueblo, esto generó tensiones globales.

En 1900, siglo XX, hubo muchos acontecimientos importantes. Surgieron partidos políticos y, por consiguiente, presidentes, pero sin abolir el poder monárquico, simplemente, formando un método de gobierno. Hubo un golpe de estado que involucró al país en una dictadura tras el nombramiento del primer presidente del país, al que Rioviejo pertenece. A raíz de este método, en Rioviejo también comenzaron a elegir a sus representantes mediante la votación, creando un sistema democrático.

La nación llegó a un punto máximo de desarrollo a finales de este siglo. Acontecieron distintas guerras, incluso una nacional. Es importante esta última, debido a lo siguiente: durante esta guerra se lucharon con distintas armas, entre ellas, bombas; dos fueron a parar a Rioviejo, y una, desgraciadamente, cayó sobre el castillo, más concretamente sobre la habitación maldita, al igual que el rayo. Esta bomba logró restablecer el flujo con el mal, aunque nadie se dio cuenta, ya que este acceso estaba llegando a su fase final, de modo que seguiría desarrollándose el último augurio del fin de Rioviejo. El mal solo se contemplaba en esta fortaleza, por ello, fue foco de muchos reportajes e investigaciones paranormales; asimismo, también atrajo la atención de muchos aficionados, no solo por la maravilla de pueblo, también por esto mismo: "El castillo maldito de Rioviejo".

CAPÍTULO 3
El hotel

Llegamos a la actualidad. Aarón, un niño de 15 años, viajará a Rioviejo con su familia. A su madre le encanta hacer planes, por lo que pensó que sería buena idea visitar este pueblo, por su gastronomía, museos, historia y, sobre todo, para visitar su mayor atracción turística, la fortaleza. La familia, hace unos días, vio por internet el castillo, con unas reseñas que invitaban a los mayores amantes del misterio a visitar el castillo en una de las rutas turísticas que ofrecen: "La noche del misterio", donde te reúnes con un guía para realizar una visita nocturna, cargada de misterio, con algo de teatralización y con las mayores leyendas paranormales de la comarca, principalmente sobre la profecía. La familia planificó esa escapada para visitar el pueblo y realizar la ruta misteriosa de la fortaleza. Estaba todo pensado, saldrían el viernes por la tarde, cuando Aarón llegara del colegio y se alojarían en el hotel *spa* rural "Rural Paradise". Esa misma noche de su llegada, irían a cenar a uno de los restaurantes de Rioviejo, a un asador con cocina local. Por la mañana visitarían el pueblo, así como su museo, comerían en el hotel y disfrutarían del *spa* antes de prepararse para su visita nocturna, que sería, como habréis podido intuir, el sábado por la noche. Al día siguiente visitarían las rutas naturales, en especial las cuevas de Rioviejo, y más tarde partirían de vuelta a su casa para empezar la rutina; y así lo hicieron.

Era viernes, Aarón todavía seguía en clase. A última hora tenía Matemáticas; aunque parezca sorprendente para otros niños de su edad, a él le gustaba la asignatura, por lo que se le hizo llevadera la hora. Cuando terminó las clases, se reunió en la salida con sus amigos y les contó el plan que tenía para ese próximo fin de semana.

—¿Sabéis lo que haré este finde? Creo que será genial, visitaré Rioviejo con mi familia y lo más importante, un castillo encantado, ojalá estuvierais allí, os encantaría.

—No lo dudo, pero ya sabes, este finde tengo comida familiar —declaró Marcos, uno de sus amigos.

—Yo, la verdad, que no tengo plan, tal vez pueda convencer a mis padres para ir, pero no sé si será muy precipitado ¿Cuándo es? —preguntó Alba, otra de sus amigas.

—Será este sábado por la noche, Rioviejo está a tan solo dos horas de aquí, seguro que os podéis apuntar —propuso Aarón.

—Yo pasaré por Torrevencida este fin de semana, para visitar a mis abuelos, está cerca de Rioviejo, es más, ya lo he visitado alguna vez que otra, aparte queda cerca de mi pueblo, a tan solo 20 minutos, no se lo he preguntado a mis padres pero seguro que les entusiasmará la idea, así que cuenta conmigo —dijo Lara, amiga de Aarón.

—Realmente, la comida es el domingo, tal vez puedo comentárselo a mis padres, pero no estoy seguro —repuso Marcos.

—También se lo diré a mis padres, espero que podamos ir —comentó Alba.

Después de la conversación, Aarón se dio cuenta de que se tenía que ir, ya eran las 16:50 y se iban en poco tiempo, suerte que dejó la maleta preparada el día anterior.

Aarón emprendió su viaje de vuelta a casa, cuando llegó, sus padres preparaban las últimas maletas, al igual que su hermano Rubén. Él tenía 17 años e iba a comenzar a cursar la carrera universitaria de ingeniería biomédica. Cuando todo estaba listo, se dirigieron al coche. Aarón cogió una guía sobre Rioviejo para ojear durante el viaje, que compró en un quiosco mientras volvía del colegio el día anterior. El trayecto comenzó, Aarón estaba entusiasmado por llegar, y cada vez más, a medida que observaba las imágenes que aparecían en el folleto.

—Sabéis que Rioviejo es llamado así por el río que atraviesa el pueblo, y se le denomina viejo para diferenciarlo del otro pueblo que se encuentra en la continuación del río. La desviación hasta llegar a este otro supuso un cauce artificial, pero Rioviejo, como rodeaba el lecho natural y era más antiguo, se usó la palabra "viejo" como distintivo, y el otro, al estar bañado por un cauce artificial y al ser un pueblo más reciente, se le denominó como nuevo, de ahí su nombre, Rionuevo. Todo esto sucedió algunos siglos a.C. —explicó Aarón mientras leía la guía.

A sus padres les pareció interesante, y para amenizar el viaje, dijeron que siguiera contando más datos curiosos sobre el pueblo. Su hermano simplemente se mantenía ajeno a la conversación mientras escuchaba música a través de sus cascos.

—Su patrona es la Virgen de las aguas. Cuenta la leyenda que hubo una época de lluvias torrenciales, el río se desbordó y la localidad se inundó. Así estuvo durante unos días, pero después de pedir mucho a la Virgen María para que cesara esa situación, una mañana, todo había acabado. El agua ya no invadía las calles del lugar y el río volvió a su curso normal. Cuando todos los habitantes se reunieron en la plaza, sorprendidos por el acontecimiento, vieron a la imagen de la Virgen María descender por el río sobre un tronco. Desde ese momento, todos los años se celebra el mismo día del milagro las fiestas patronales, donde se deja que la figura de la Virgen María, que permanece en la ermita a las afueras del pueblo durante todo el año, descienda hasta la plaza en barca, atravesando el río. Luego es trasladada a la iglesia durante las fiestas patronales. Cuando los festejos terminan, la imagen regresa a la ermita, imitando la aparición de la Virgen María por la bajante del río, que ocurrió durante el milagro.

También, tienen un museo, que cuenta con diferentes secciones. Un apartado es de pintura, con cuadros impresionistas, realistas y contemporáneos de diferentes pintores, tanto clásicos como actuales, nacidos en el mismo pueblo. Siguiendo por el museo, encontramos la sala de historia y arqueología donde podremos contemplar distintos elementos que han sido parte de la historia de Rioviejo, como las vestimentas del rey Leonardo I, el armamento de la compañía militar de riovejanos del siglo XVII, columnas y mosaicos que se conservaron del palacio señorial, antes de ser restaurado, vajilla de barro propia de civilizaciones muy antiguas que anduvieron por esas tierras, las primeras monedas que se empezaron a difundir por el pueblo, las cuales fueron ideadas por don Rodrigo de Rioviejo... La siguiente sección está dedicada a la ciencia y a los grandes avances dentro del pueblo. En una sala se recrea la planta del primer hospital de Rioviejo con los objetos originales, en otra zona están los primeros objetos que fueron fruto de la Revolución Industrial del siglo XIX. Concluyendo con la visita, hay un sector aplicado a la gastronomía. En una estancia de la misma sección, podremos adivinar los olores de diferentes productos, en otro lado encontraremos la representación de la obtención de los productos locales y finalmente una bodega donde es posible catar sus vinos y aperitivos típicos. También hay opciones de mosto para los niños, el precio adicional por la cata es muy bajo al igual que el de la entrada. Podríamos visitar este museo —sugirió Aarón.

—Parece interesante, pero tendríamos que visitarlo mañana por la mañana. Recuerda que después de comer hemos reservado para asistir al *spa* del hotel y por la noche es la visita al castillo —puntualizó su madre.

Después, Aarón siguió ojeando la guía donde descubrió muchas más cosas.

—Sabíais que el hotel donde nos vamos a hospedar fue un antiguo convento. Tras el abandono de las religiosas de ese lugar, se convirtió en el palacete de uno de los comandantes que participó en la guerra de Independencia, hasta que finalmente, posterior a su abandono, se convirtió en el hotel donde nos alojaremos.

Así estuvo durante toda la travesía hasta su destino. De un momento a otro, ya pudieron ver el cartel que daba la bienvenida al pueblo. Cuando llegaron al hotel, descargaron las maletas y se acomodaron dentro de sus habitaciones. El hotel era amplio y con un estilo rural. Contaba con una sala de ocio y con un bufé. La familia de Aarón reservó dos habitaciones rústicas y comunicadas, en una, dormirían sus padres, y en la otra, él con su hermano. Las habitaciones contaban con un baño, un escritorio, un armario, una cómoda, un pequeño sillón, una televisión, un balcón, dos camas y mesillas a los lados. Había una gran alfombra cubriendo el suelo de madera y el techo se sujetaba con vigas de igual material. Las dos estancias tenían aspecto palaciego al igual que el hotel al completo, pero manteniendo su ambiente rural.

Cuando anocheció, la familia bajó al restaurante para cenar. Mientras bajaban, Aarón se percató de una habitación al final del primer piso, esta no tenía número. Intuyó que se trataba de algún almacén, pero le sorprendió que tuviera una puerta alta y tallada, que destacaba sobre todas las demás. Por otro lado, la llave que abría aquella puerta debía ser muy antigua por la forma de la cerradura. Después de esto no le dio más importancia y bajó a cenar. A la mañana siguiente, Aarón se despertó pronto, sobre las 9:30 de la mañana, no podía dormir con la emoción de la aventura que iba a vivir ese día. Su padre fue el siguiente en levantarse, por tanto, decidieron bajar a desayunar antes de que se despertara su madre y su hermano, así aprovecharían más el día. Cuando bajaba a desayunar, de nuevo, Aarón se quedó mirando la puerta. Se dio cuenta de que nadie había entrado en aquella habitación durante toda la mañana, porque el día anterior, mientras subía de cenar, la curiosidad de saber que guardaba esa puerta venció, y desprevenidamente colocó un papel en el lateral de la puerta, entresaliendo un poco. Si alguien hubiera entrado, el papel se habría caído, y al no darse el caso, Aarón descartó todas sus sospechas de que fuera un almacén o algún habitáculo funcional.

Cuando terminaron el desayuno, su padre subió a la habitación y él se quedó en una de las mesas de la zona de ocio. Pretendía buscar algo de información sobre la puerta o sobre el pasado del hotel, pero no encontró nada que no hubiera leído antes. Mientras recolectaba más información, una llamada le sorprendió. Era Lara, le dijo que al final podría asistir a la visita y que no tardaría en llegar con sus padres a Rioviejo para pasar el día; después de la visita, regresarían a la casa de sus abuelos en Torrevencedia, el sitio del cual venían, que a su vez era cercano a Rioviejo. Pasaron 15 minutos y Lara volvió a llamar a Aarón con el propósito de reunirse, este le dio la dirección del hotel y tras llegar, sus padres se quedaron visitando a unos amigos de la zona, mientras Lara se dirigía al hotel para encontrarse con su amigo. Al momento de llegar se saludaron, y sin esperar un instante, Aarón informó del proyecto en el cual estaba trabajando. Ella quiso involucrarse y propuso preguntar al recepcionista por aquella puerta, cuyo misterio les rondaba por la cabeza. Fueron a preguntar por la puerta y Lara interrogó.

—Hola, estamos haciendo un proyecto para clase sobre la guerra de Independencia. Dado que este hotel fue un palacete de uno de los comandantes que participaron en esta, queríamos saber si queda algo de información sobre él.

—Claro, en la sala de ocio hay algún libro sobre ese tema —declaró el recepcionista.

—Sí, ya lo habíamos visto, pero nos preguntábamos si hay algún objeto o alguna habitación que se conserve —afirmó Lara.

—Me temo que no, todos los objetos están en el museo de Rioviejo —replicó el recepcionista.

Lara, sin saber por qué no había mencionado la sala de la gran puerta, tuvo que insistir.

—De acuerdo. Lo decía porque antes hemos visto una puerta fuera de lo común, parecía originaria del palacio a diferencia de las otras, además era alta y estaba tallada, parecía pertenecer a las puertas del auténtico palacio del comandante.

—Es solo por conservar algo del palacio —alegó el recepcionista, algo molesto.

—Supongo que si se ha conservado la puerta, también la estancia. ¿Cierto? —perseveró Lara.

—Me temo que esa sala no está abierta al público. Se quiere conservar el habitáculo original para hacer una pequeña exposición, no se ha tocado ese lugar desde que empezaron las restauraciones y reformas para construir el hotel —expuso el recepcionista.

—Sería perfecto para nuestro trabajo. ¿Podría dejarnos entrar? Solo a nosotros dos —cuestionó Lara.

—No —concluyó el recepcionista, de manera cortante.

Tras esto, Aarón, quien había estado escuchando toda la conversación y viendo al individuo, se percató de que detrás de él, en la pared, había colgadas algunas llaves con carteles identificativos debajo: caldera, panel de luz, almacén, cuarto de la limpieza, lavandería, cocina y… habitación museo. Aarón propuso colarse en la recepción. Aarón llamaría desde el teléfono fijo de su habitación al recepcionista fingiendo un dolor estomacal que requería alguna infusión para aliviar los síntomas, esto lo haría a la hora del *spa*, diciendo a sus padres que tardaría un poco en bajar. Es ahí cuando Lara cogería la llave mientras el empleado estuviera atendiendo a su inquilino. Luego se escondería en el baño para no cruzarse con el recepcionista mientras este bajara. Por último, solo quedaría subir a la primera planta donde Aarón estaría esperando en la puerta de la habitación misteriosa. Todo el plan salió a la perfección, excepto por algo, los baños estaban cerrados, eso hizo que Lara tuviera que subir las escaleras disimuladamente a sabiendas de que se cruzaría con el recepcionista.

—Perdona, qué haces aquí, no recuerdo que seas huésped del hotel para estar subiendo a las habitaciones —se molestó el recepcionista.

—No soy huésped, pero mi amigo sí. Me he enterado de que padece de dolor estomacal y me apresuraba a traerle una medicina —aseguró Lara.

Concluido el encuentro con el recepcionista engreído, Lara se dirigió hacia la puerta siguiendo las indicaciones que le dio su amigo. Una vez allí, probaron abrir la cerradura con la llave. A simple vista, consideraron que podría encajar por la forma del paletón, acto seguido, se dispusieron a abrir la puerta. El paletón entraba, las muescas se adaptaban y el brazo de la llave entraba al completo, en definitiva, era la llave correcta. A continuación, comenzaron a girar la llave, un "clic" les dio a entender que el cerrojo se había desbloqueado. Tras un rato, entreabrieron la puerta. Una nube de polvo les recibió y cuando quisieron entrar en la sala, una voz al final del pasillo los sorprendió...

Por si te lo preguntabas, no, no era el recepcionista, sino una persona a la que no esperaban encontrarse.

CAPÍTULO 4

La puerta secreta

Ambos amigos, Aarón y Lara, retrocedieron abrumados. Cuando giraron temerosamente, se encontraron a Marcos, pero detrás de él, a una silueta con forma humana, sombreada y dispersa.

Aarón y Lara se quedaron mirando sorprendidos, más allá de su amigo.

—¿Interrumpo? Parece que no os alegráis de verme y por la forma en la que me habéis mirado, creería que habéis visto a un fantasma —dijo Marcos.

Seguidamente, Marcos, al ver que sus amigos no reaccionaban, giró su cabeza hacia atrás lentamente. Se quedó estupefacto y corrió hacia los dos niños que estaban frente a la puerta, los tres se encerraron en la habitación que ya se encontraba abierta.

—¡¿Qué era eso?! ¿Qué es esta sala? Me debéis muchas explicaciones —exclamó Marcos.

—Nosotros tampoco sabemos qué era eso —aseveró Lara.

Luego, le expusieron los hechos, contándole lo de la habitación, el comandante, el palacete y el recepcionista.

Se quedaron un rato observando la habitación. Era evidente que aquella estancia había estado cerrada durante un largo periodo de tiempo. El polvo cubría todos los muebles, muebles antiguos y originales en lo que parecía un despacho. Daba la sensación de que el comandante huyó de su palacio y de que dejó todo tal cual se encontraba, puesto que encima de los muebles había libros abiertos, escritos, plumas, tinta seca y muchos mapas clavados en las paredes con diferentes puntos marcados y trayectorias dibujadas. Daba la sensación de que aquel comandante buscó algo en vida, pero este concepto aún no les incumbía tanto como aquel de que habían visto a un ente. Al ver la habitación pudieron hacer sus conjeturas.

—Creo que sé lo que puede ser. Hace unas semanas, leí un libro de parapsicología. Había un capítulo sugestivo hablando de la morfología, apariciones y procedencia de los fantasmas. Al ver la habitación, junto con todos estos mapas y libros, me acordé de algo. Los fantasmas que podemos percibir tienen vínculos con los sitios que frecuentaban en vida. Esta habitación se ha conservado original, por lo que el espíritu habitaba aquí y al abrir la puerta lo hemos liberado. Me recuerda a una historia que leí en el mismo capítulo:

> *Hay muchos tipos de almas, mensajeras, errantes en pena y residuales, las cuales adquieren la propia forma fantasmagórica mediante la energía espiritual y emociones que hayan desarrollado en vida, es más, tienen conciencia propia.*
>
> *El fantasma del sótano es un ejemplo de alma residual muy conocido: en un sótano de una vivienda, se podía percibir una energía sobrenatural y en ocasiones a una persona viviendo en el propio sótano de la casa. Un experto reconoció que ese domicilio había sido edificado sobre las ruinas de un antiguo hogar, donde vivía un padre con su hija. Durante una guerra, se llevaron a la niña. El padre era plenamente consciente de que no la iban a matar, pues toda la gente que raptaban durante este enfrentamiento era vendida como sirvientes, incluso los niños; de ese modo, en él emergió el deseo y la esperanza de encontrar a su hija. Dedicó toda su vida a ello desde su casa, pero nunca la encontró. Murió con ese sentimiento y sus propias emociones y el vínculo con la casa le*

hicieron vagar por ese sitio esperando encontrar a su hija. En eso consisten las almas residuales, en las emociones que conforman al propio fantasma y la misión que todavía tienen que cumplir, que es seguir esos sentimientos que los impulsaron en vida, desde los vínculos espirituales que crearon.

—Es igual que en la historia, a lo mejor el comandante fue preso de sus emociones una vez fallecido, derivado de una misión que tuvo, buscar algo o a alguien —relató Aarón.

—Vale, entonces lo que acabamos de ver es un alma residual que busca algo o a alguien, pero... ¿El qué? —se cuestionaba Marcos.

Aarón explicó que podrían ser cosas muy diversas y que tenían que buscar información sobre eso para ayudar al espíritu a ser liberado.

Lara empezó a revisar los libros, al igual que sus dos amigos. Revisaron las ubicaciones de los mapas. Correspondían con localizaciones de Rioviejo, de la comarca e incluso del país, todas se marcaban con una equis roja. Marcos se fijó en un libro que tenía frases remarcadas con una línea. Cuando revisó la portada pudo ver su título: *Las predicciones y frases de San Gonzalo*. En ese momento solo pudo preguntarse quién era san Gonzalo. Avisó a sus amigos del hallazgo, ellos tampoco pudieron evitar preguntarse quién era san Gonzalo y qué relación tenía con el comandante. Tras visitar internet, descubrieron que san Gonzalo era un santo nativo de Rioviejo.

—Aquí dice que san Gonzalo fue un caballero de la orden de Rioviejo. ¿Qué orden? —preguntó Lara.

—Lo leí en la guía, la fortaleza pertenecía a una orden de caballeros, pero supongo que nos lo contarán en la visita —respondió Aarón.

En el libro había muchas profecías y algunas frases o palabras subrayadas que el comandante ordenó en una hoja. Daba la impresión de que las profecías eran un rompecabezas y que el comandante quería ordenar todas las piezas:

No es que no haya sol, solo que la niebla lo tapa con su oscuridad.

A veces no te das cuenta de que Dios está más cerca de lo crees.

Siempre se cometen errores si nadie los advierte, por eso es bueno tener a personas que sepan más que tú.

Los amigos pasan, la familia perdura hasta el fin de tu vida.

Rioviejo no se ha liberado del mal, al igual que la generación que viene. La fortaleza aún no está limpia, hay que sacar todo el caos que durante algunos días ha reinado.

Aquí siempre quedará la mancha de lo que pasó y nunca se podrá borrar.

Rioviejo sigue y seguirá en un futuro su ciclo para bien o para mal.

Dios habla por mí mediante la profecía y las palabras que pronunció.

Yo soy el acceso a un mar de conocimiento del bien más que del mal, que está abierto a todo el que quiera escuchar.

Siempre podéis adquirir la solución a vuestros problemas interpretando bien las frases que os regalo.

El mal _no_ va solo. ¿Realmente, _hay solo un caballero malvado_ en la historia, o _hay dos?_

Si el mal llega, _solo la reliquia puede salvaros, no_ hay mejor reliquia que _el_ propio _rezo._

La segunda parte de todo esto llegará, hay que prevenirla.

Toda _persona_ merece ser perdonada.

El que _esconde_ sus sentimientos se esconde a sí mismo.

_Mi_ palabra tomad, la bendición en vosotros recaerá con la _reliquia_ que os entregaré.

La palabra de Dios _hay que encontrarla_ en la vida cotidiana.

Es necesaria la bendición de uno mismo _para cerrar el ciclo de_ nuestro interior, _el_ cual siempre nos arrastró al _mal que siempre se mantuvo abierto y_ la angustia que siempre le acompañaba.

Evitar, esa es la palabra que soluciona todo lo que os aleje de vosotros mismos.

Que se cumpla la última profecía depende de las acciones que toméis.

Antes de que _dos_ lunas pasen, más de _mil_ soldados querrán atacaros, pero no lo harán a la vez.

El rezo del doble de _veintitrés_ soldados es necesario en caso de que el caos vuelva a estallar.

Después de ver que en cada una de sus frases se subrayaba una o más palabras clave, los niños comenzaron a armar el rompecabezas, juntando las palabras y formando un mensaje mucho mayor:

La niebla con su oscuridad está más cerca de lo que crees. Que sepan, el fin de Rioviejo viene. La fortaleza aún no está limpia, la mancha de lo que pasó sigue su ciclo mediante la profecía. El acceso del mal está abierto. Podéis adquirir la solución interpretando bien las frases que os regalo. No hay solo un caballero malvado, hay dos. Solo la reliquia puede salvaros, no el rezo. La segunda persona esconde mi reliquia, hay que encontrarla, es necesaria para cerrar el ciclo de mal que siempre se mantuvo abierto y evitar que se cumpla la última profecía antes de dos mil veintitrés.

Tú, querido lector, también puedes crear este mensaje juntando todas las palabras subrayadas de las frases de san Gonzalo, que anteriormente están escritas.

—Ahora lo entiendo, san Gonzalo dejó un mensaje oculto en sus dichos. Esto lo descifró el comandante; por ello, según se menciona en la predicción, buscaba la reliquia para cumplir la misión de terminar un ciclo, aunque ¿qué ciclo? ¿Qué reliquia? ¿Qué profecía? Lo único que sé es que menciona el año actual, 2023, y eso me asusta —manifestó Lara.

—Algo de esto me suena haber visto en la página web del castillo, mientras reservamos las entradas. Seguramente nos lo contarán en la visita, pero es mejor que apuntemos esta frase en algún lado y que hagamos fotos a todo esto; así, una vez que conozcamos la historia, podremos interpretar este mensaje —añadió Aarón.

Una vez hecho esto, abandonaron la habitación, pues ya era hora de prepararse para la visita.

CAPÍTULO 5
Visita al castillo

La tarde estaba cayendo, todos se preparaban para asistir a la visita en el castillo. Alba informó de que finalmente iría y de que les esperaría en la puerta.

Cuando estuvieron preparados, todos se dirigieron al castillo, cada uno se montó en su coche y sus padres condujeron hacia las afueras arboladas por una carretera algo oscura. Mientras se dirigían algo les frenó de golpe. Iban los tres coches de cada una de las familias relacionadas por la amistad de sus hijos, un coche iba detrás de otro siendo el de Aarón el primero, el de Lara el segundo y el de Marcos el último. Mientras avanzaban, los dos primeros coches pudieron apreciar por el retrovisor que el coche de Marcos se alejaba cada vez más hasta que casi no se veía la luz de los faros delanteros, eso les hizo retroceder a ambos. La madre de Marcos se encontraba fuera del coche mirando el capó levantado, habían tenido un problema con el motor. Los demás padres salieron del coche para ver qué ocurría, y mientras intentaban buscar una solución, los tres niños se reunieron para comentar la situación, lo peor de todo es que Lara mencionó que no percibía buenas sensaciones en ese lugar, pues estaban en medio de una extensión boscosa en la que la luz de los propios coches rompía la oscuridad de la noche. Casualmente era el mismo sitio donde comenzaron los acontecimientos de la noche de 1378 con tres caballos galopando hacia la fortaleza, solo que ahora no eran tres caballos los que recorrían ese lugar para llegar a la fortaleza, sino tres coches que tenían el mismo destino. Todo recordaba a aquella noche unos siglos atrás, pero la pregunta a todo esto es: ¿esa noche sería igual de misteriosa que la de 1378?

Los padres estaban intentando arreglar el motor, mientras sus hijos comentaban la situación. Después del comentario de Lara, a Aarón le recorrió un escalofrío por todo el cuerpo, una pequeña ventada de frío le atravesó como un cuchillo. Aarón era sensitivo, de modo que interpretó esos mensajes como algo más que se les escapaba de las manos, lo único que pudo decir mientras duraba su sobresalto de espanto y pavor fue:

—Quieren que salgamos del coche.

Lara preguntó: "¿Quién?", confusa, y Aarón mirando a la nada pronunció sosegadamente…

—No estamos solos.

Más adelante, Aarón salió de ese lapsus y a lo lejos, en la noche tenebrosa, un canto lúgubre repercutió en aquel insólito lugar. Poco a poco fue apareciendo en la lejanía una procesión de ánimas. Eran soldados aquellos espíritus. Iban con la cabeza agachada mostrando pena, su paso era lento, portaban una vela en su mano y de vez en cuando entonaban algún canto fúnebre. En la mayoría del tiempo se escuchaban campanas que ellos mismos hacían sonar y sus pisadas sobre la hierba descuidada, aun siendo solo figuras de torso, cabeza y extremidades superiores, sin los miembros inferiores. Ninguno de los allí presentes pudo ocultar la inquietud y temor del momento. Marcos no se pudo contener una vez pasada la procesión:

—¡¡Qué era eso!?

—Era una procesión de caballeros errantes, también lo leí en mi libro. Las almas del purgatorio, almas en pena o almas errantes, se agrupan para vagar en procesión a partir de una hora determinada hasta el inicio del nuevo día. En muchas de ellas se pueden escuchar lamentos, coros de voces o rezos… Estos, en específico, iban rezando. Estoy seguro de que estos soldados pertenecen a la fortaleza. Se han dado muchos casos de caballeros que, una vez muertos, rondan los castillos que frecuentaron en vida.

Tuvieron un momento confuso donde intentaron explicarse qué era lo que acababan de ver. Sin palabras y con algo de miedo, cuando el motor volvió a funcionar correctamente, cada uno se metió en su coche para seguir su trayecto; esta vez, en el resto del recorrido nadie habló, ya que aún se encontraban exhaustos. Llegaron al inicio de la fortaleza, fuera, estaban todos los coches aparcados, ellos también aparcaron. Se dirigieron hasta el punto de recibimiento, al patio de armas que estaba tras pasar las puertas del castillo. Ya se encontraban algo mejor, habían olvidado lo ocurrido por la emoción. Seguidamente de haber aparcado, sus ojos encontraron la muralla que rodeaba el castillo. Era muy elevada, larga y estaba hecha de piedra, naturalmente, así como la mayor parte del castillo, pues se trataba de una construcción medieval. También eran sorprendentes las almenas que rodeaban este muro. Tras pasar el arco de la muralla, pudieron ver un gran castillo en la parte central del entorno amurallado. Un poco más lejos, una iglesia, torreones y otras edificaciones más que se encontraban dentro del recinto. El resto de espacio sobrante que aún se conservaba dentro de la muralla con adarve, donde los soldados solían vigilar los alrededores y atacar a los intrusos por su altura respecto al suelo, estaba cubierto por hierba, aunque los caminos que conducían al resto de construcciones eran pedregosos. Aarón pensó que la fortaleza era semejante a una célula. La muralla como si fuera la membrana plasmática, que recubre; el gran castillo como el núcleo, que controla todo; el resto de las estructuras, como si fueran el resto de los orgánulos; y el espacio entre el castillo y la muralla, el citoplasma.

Al entrar atravesando la antepuerta, en la torre de defensa derecha, en la planta baja de ese lugar, estaba la oficina de turismo del castillo; desde allí, un empleado revisó las entradas y les dio indicaciones para ir al patio de armas, pasando el antepatio y el zaguán. Esas zonas las visitarían más adelante. Al llegar al patio de armas, vieron a mucha gente agrupada. Aarón empezó a observar entre la multitud, por si localizaba a Alba, quien había dicho que allí esperaría. Después de estar mucho tiempo ojeando, Aarón halló a Alba con sus padres y con su hermano pequeño. Aarón y los demás saludaron a Alba mientras sus padres conversaban. Rápidamente, todos narraron su gran hallazgo sobre la habitación y enseñaron las fotos, Alba se quedó mirándolas hasta que dijo:

—No puede ser que date del siglo XVII, aquí hay apuntes sobre las dimensiones paralelas y el espacio-tiempo, estos descubrimientos de la ciencia moderna no fueron propuestos hasta tres siglos más adelante.

Los niños se quedaron pensando y esos pensamientos se convirtieron en más tiempo de espera.

Cuanto más pasaba el tiempo, más expectación generaba, pues parecía que todo el mundo ya se había reunido para el comienzo de la visita, pero nadie había llegado a recibirlos. Un portazo proveniente del portón que comunicaba el patio de armas con el zaguán les sorprendió. No había llegado nadie, pero el inesperado golpe había generado un ambiente de silencio en comparación al ambiente de caos y ruido que anteriormente había. Todos observaron la puerta fijamente, cuando a sus espaldas oyeron una voz. Era un actor que interpretaba a un caballero de la orden de Rioviejo. Llevaba puesta la vestimenta típica de esta coalición caballeresca.

—Quién ha tenido la osadía de entrar en mi castillo a estas altas horas de la noche.

Desde el zaguán apareció un guía. Él, siguiendo el juego de interpretación que había comenzado el actor, le explicó que eran visitantes y amigos del señor feudal. Esto lo hizo con tal de transportar a los visitantes al siglo XIV, que es cuando se remontan los hechos, y dar la sensación de que las historias que iban a escuchar las podían vivir en primera persona, y no como algo remoto que les sucedió a unos caballeros hace muchos años.

—Si es así, no puedo negaros la entrada. Me llamo Martín Juárez, soy el alcaide de la fortaleza. Se preguntarán por qué están aquí y por qué les han hecho venir [...] —dijo el actor.

Seguidamente les contó todo sobre la orden de Rioviejo, sobre la fortaleza, sobre la profecía, el caballero del mal y la puerta al más allá, pero vosotros ya conocéis la historia, pues os la conté antes iniciando el capítulo 1. No me gustaría ser repetitivo o aburriros reiterando algo que ya conocéis, por lo que nos ahorraremos esta parte. Una vez el caballero contó su historia, a los niños les empezaron a cuadrar algunas cosas sobre la habitación del comandante. Les había aclarado a qué se refería san Gonzalo con lo de "ciclo del mal" pues era el mismo portal del mal que había mencionado el actor en su relato. Una vez terminado el monólogo informativo, el caballero siguió actuando, explicando lo mal que lo estaban pasando, ya que se habían cumplido las predicciones que desencadenaba la profecía. En razón de lo cual, todos los soldados se habían reunido en la capilla. El actor dijo a los visitantes que procedería a dirigirlos hacia allí. Reincido en que esto solo lo hacía para que los allegados pudieran ver en primera persona los sucesos de la terrible noche de 1378.

Como prometió el "caballero", condujo a los visitantes hacia la capilla, la cual se encontraba fuera de la estructura principal de la fortaleza. Cuando llegaron, se encontraron a muchos otros actores actuando como caballeros muy nerviosos. Nada más llegar, uno de los actores habló al que interpretaba a Juárez y le dijo que habían robado la reliquia señalando un pedestal en el altar, sin nada encima; ulteriormente, se presentó como Alonso Mena. En ese rato pudieron ver todos los hechos que se dieron en esa misma capilla hace siete siglos, desde el abandono de Juárez hasta la decisión que toma Mena. Los visitantes acompañaron a Mena y a otros cuantos soldados más, hacia la habitación del mal, los otros actores hicieron como si se estuvieran yendo a la batalla. Una vez llegaron allí, se metieron dentro de la habitación mientras los visitantes aguardaban fuera. Después de unos cuantos efectos de sonido, la teatralización terminó y el guía explicó:

—Lo que acabáis de ver es una interpretación de los hechos que acontecieron la noche de la desaparición de la orden de Rioviejo en 1378. Seguramente os preguntéis cómo se sabe esta historia si todos los caballeros desaparecieron. Se dice que un caballero sobrevivió y relató esta leyenda. Ahora se ha convertido en la principal leyenda de Rioviejo. Sabemos que esta puerta se reabrió hace siglos con un rayo, y que los caballeros volvieron a cerrarla, que es la escena interpretada que acabáis de ver. Ahora se cree que se volvió a abrir a causa de una bomba de la guerra nacional, que tuvo el mismo transcurso que el rayo, eso explicaría las cosas paranormales que suceden en el castillo. Según la leyenda, la profecía estaría por cumplirse. Esto es así, pero como he dicho, solo es una leyenda. Ahora vamos a seguir visitando más partes del castillo y conociendo más historias terroríficas e inexplicables. Acompáñenme.

Todo aquello que sucedió durante la teatralización: el robo de la reliquia, los rezos de los caballeros… es lo mismo que vosotros leísteis al inicio, cuando conocisteis la leyenda.

CAPÍTULO 6
Hechos inexplicables

A arón, Lara, Marcos y Alba estuvieron dándole vueltas a la cabeza y pensando cómo podrían relacionar esto con sus hallazgos en la habitación del comandante. En el transcurso de la visita, esas ideas no les ocuparon tanto la mente con los hechos tan interesantes que iba narrando el guía.

Su próxima parada fue el salón principal, el guía les explicó que en una de las investigaciones que hicieron allí, se registraron psicofonías, él las puso. En una de ellas se podía escuchar medianamente bien una voz masculina que gritaba "¡Juárez!", posteriormente el guía recordó que este era el apellido del alcaide de la fortaleza. También contó una leyenda, que trataba de una de las tomas del palacio. Los allegados afirmaron que no pudieron asentarse debido a que ahí aún se encontraban soldados, pero esto no podía ser posible, ya que después del paso de la orden, nadie perduró allí. Después de esto, los padres de los amigos le comentaron al guía el suceso que habían vivido de camino al castillo; este no mostró ningún signo de asombro, es más, corroboró los argumentos diciendo que esas apariciones ya habían sorprendido a muchos turistas, tanto dentro del castillo como en los alrededores de este.

Su segunda parada fue en otra de las alas del castillo, una zona con habitaciones y bibliotecas. El guía contó que durante las restauraciones, mucha gente pudo ver sombras paseando por allí;

asimismo, relató que una de esas salas fue la estancia donde se celebró la reunión que terminó con los dirigentes de Rioviejo, tal como cuenta la profecía en el primer apartado.

Siguieron su visita yendo a la sala de armas, donde el guía narró cómo algunos empleados habían afirmado la desaparición y reaparición repentina de las armaduras y armas.

Más tarde quisieron dirigirse a la torre del homenaje, donde se había reportado mayor actividad paranormal. Mientras se dirigían, un golpe sobresaltó a todos. El golpe fue tan intenso, que las velas que ambientaba el lugar se apagaron y en ese momento la única luz que recibían era la de la luna llena entrando por los ventanucos. El guía aseguró que eso era común, pues el misterio era parte del encanto del castillo. Uno de los visitantes garantizó haber visto a un caballero seguirles, él pensó que era un actor, pero la forma en la que desapareció desmintió todas sus sospechas. El guía tampoco se sorprendió, las apariciones eran muy comunes allí. Parecía que nada le asustaba, excepto un hecho que sucedió una vez llegados a la torre del homenaje. El guía pidió que hicieran un corro frente a él para que todos pudieran verlo a la par que explicaba. Dijo que allí se habían dado muchas apariciones, pero de repente un susurro se escuchó disperso en el ambiente: "Aquí no eres bienvenido, Javier". Javier era el nombre del guía y tras estas escalofriantes palabras, un empujón le hizo caer. Los visitantes huyeron aterrados entre gritos, algunos pudieron sentir en su huida cómo les tocaban el pelo, les pellizcaban o les llamaban por su nombre. El guía dejó su linterna en el suelo y evacuó a todo el mundo hacia el zaguán. Un instante después de llegar al recibidor, otra empleada llamó a Javier, tenía algo importante que decirle. Javier se apartó con ella. Y los niños, al ser curiosos y estar impresionados por lo sucedido, decidieron espirales y averiguar si iban a aclarar algo sobre lo ocurrido.

—¿Has visto salir a Félix, Arturo, Daniel, Lucas y Gabriel? —musitó la empleada.

Félix, Arturo, Daniel, Lucas y Gabriel eran los nombres reales de los actores que se metieron en la habitación maldita al final de la teatralización. Javier indagó.

—No. ¿Por qué?

—Han desaparecido, no los he visto salir; además, es la primera vez que se van sin despedirse y de manera sigilosa, porque si no, los habría visto al abandonar el recinto —confesó la empleada de nombre Noa.

—Supongo que tendrían prisa, pero es verdad que pasa algo, en la torre del homenaje, siempre suele haber apariciones, pero esta vez alguien pronunció mi nombre y me empujó. Los visitantes también han tenido altercados, tirones de pelo, arañazos, empujones… Les he tenido que reconducir hasta aquí —explicó Javier.

—Esto no me está gustando, será mejor que suspendamos la visita antes de que otro turista salga malherido. Debemos reembolsar el importe de la entrada a cada uno. Sé que queda visitar el aljibe, el torreón, la muralla y el ala oeste, pero estoy muy preocupada, les he llamado y no contestan, los demás actores dicen que no los han visto en el vestuario —Noa estaba preocupada y tenía voz temblorosa.

—Se lo comunicaré a los visitantes —respondió Javier.

Después de conversar, se dirigió hacia donde estaban los demás. Los niños, que estaban medio escondidos, tuvieron que ocultarse antes de que pasara el guía y les descubriera, acusándoles de fisgones frente a sus padres, de manera que sus primeras reacciones fueron retroceder y esconderse en la habitación más cercana, pero al no haber luz, Marcos cayó al suelo y su móvil salió despedido por la sala, Marcos se preocupó.

—¡Mi móvil! ¿Quién va a recuperarlo?

Aaron rio irónicamente y le recordó que se trataba de su móvil, pero Alba propuso ir todos juntos. Los niños se adentraron en aquel habitáculo oscuro, iluminados únicamente por las linternas del resto de teléfonos móviles. El miedo les invadía por dentro y mucho más cuando la puerta de la habitación les sorprendió cerrándose de golpe. Sin más tiempo que perder, se apresuraron a coger el móvil y se dirigieron deprisa hacia la puerta cerrada, pero como era de esperar, no se abría.

Algo raro estaba sucediendo, no solo en la estancia en la cual se encontraban, sino en el resto del castillo, pues fuera también escucharon algo que hizo que todos los visitantes salieran corriendo mientras los empleados les indicaban la salida alarmados. Aarón y los demás estaban asustados. No esperaron ni un instante más para buscar otra salida. Pronto, se dieron cuenta de que el pasillo que conectaba esa sala con el interior del castillo era el que llevaba hacia la torre del homenaje, cuando estuvieran ante sus puertas, solo tendrían que bajar las escaleras hasta el patio de armas, desde donde podrían salir.

Intentaron ejecutar su plan. Todo parecía ir bien hasta que de repente y sin darse cuenta acabaron en la habitación maldita, esto sucedió ya que creían que la puerta daba hacia la torre del homenaje, pero sus recuerdos les fallaron y les hicieron encontrarse en esa situación. Cuando notaron que no estaban en su destino sino en una habitación, intentaron rectificar su error, pero fue demasiado tarde, la puerta ya se había cerrado. Parecía que alguien la sostenía desde fuera. Estaban alterados, aunque tras observar el área se dieron cuenta de que no estaban en cualquier estancia, sino que se encontraban en la habitación maldita. Intentaron abrir la puerta de nuevo, esta vez, frenéticamente. Trataron de salir por la ventana, pero era muy estrecha y la altura era demasiada. Después de unos cuantos lamentos, la puerta se consiguió abrir sola. Todo estaba más iluminado y no tardaron ni un segundo en salir corriendo hacia el patio de armas. Desde allí intentaron dirigirse hasta la puerta principal para así salir de aquella fortaleza que les había causado tantos infortunios, pero de nuevo, no fue tan fácil para ellos. La puerta ya se encontraba cerrada, no había ningún empleado en el castillo y ni siquiera sus padres parecían buscarlos. Su ansiedad fue incrementando, no sabían qué hacer, estaban atrapados en aquel castillo. Cuando pudieron tranquilizarse, probaron llamar desde el móvil a sus padres, pero no había cobertura. Pretendían abandonar el castillo por otra salida e incluso por alguna ventana, todas estaban tapiadas. Discurrieron durante bastante tiempo para hallar otra solución. Es ahí cuando hicieron especulaciones sobre la profecía. Esa ansia de salir se convirtió en el deseo de averiguar el misterio del castillo, pues desde que entraron ahí no pararon ni siquiera un momento para recapacitar sobre lo que habían visto en la habitación del comandante, sobre lo que habían apreciado en la teatralización o sobre la leyenda que habían escuchado. Poco a poco empezaron a formular sus hipótesis y les surgieron ideas y pensamientos que se fueron relacionando hasta ir encauzando toda esta historia.

CAPÍTULO 7
Escape room

Los niños se encontraban en la entrada sumergidos en sus pensamientos, poco a poco esos pensamientos emergentes empezaron a salir hacia fuera. Alba pidió que le recordaran la frase que habían descifrado en la habitación del comandante:

La niebla con su oscuridad está más cerca de lo que crees. Que sepan, el fin de Rioviejo viene. La fortaleza aún no está limpia, la mancha de lo que pasó sigue su ciclo mediante la profecía. El acceso del mal está abierto. Podéis adquirir la solución interpretando bien las frases que os regalo. No hay solo un caballero malvado, hay dos. Solo la reliquia puede salvaros, no el rezo. La segunda persona esconde mi reliquia, hay que encontrarla, es necesaria para cerrar el ciclo de mal que siempre se mantuvo abierto y evitar que se cumpla la última profecía antes de dos mil veintitrés.

Después, Alba consideró:

—Ahora me cuadra todo, en el mensaje se refería a la profecía y a la reliquia que robaron, así como pasa en la leyenda.

—Tienes razón. Con la frase "ciclo del mal" se refiere al portal del mal. ¿Por qué advierte que sigue abierto si los soldados lo cerraron con sus rezos? —inquirió Lara.

—A lo mejor la profecía iba orientada a un tiempo anterior a la apertura del portal —comentó Marcos.

—Quizás es lo que nos han hecho creer, posiblemente nunca se cerró y todavía continúa abierto —acertó Aarón.

—Exacto, por eso en el mensaje dice que los rezos no valen, solo la reliquia, pero fue robada como predecía san Gonzalo. El santo lo dice: "El acceso del mal está abierto", ya que, al robar la reliquia, no pudieron usarla y por consiguiente cerrar la entrada que continúa abierta —opinó Lara.

—Entonces ya sabemos lo que buscaba el comandante, la reliquia, ya que tras descifrar el terrible mensaje que envió san Gonzalo, quiso impedir que se cumpliera la profecía, haciendo lo que aconsejaba el santo, encontrar la reliquia robada para sellar la puerta —expuso Aarón.

—Pero si todo esto es cierto, el mensaje apuntaba que la profecía se ejecutaría este año —afirmó Lara.

Por aclarar todo esto, en aquella puesta en común, descubrieron que el mensaje de san Gonzalo explicaba que la puerta nunca se cerró, ya que los rezos no son suficientes, pues la reliquia era la única que podía cerrar ese "ciclo del mal" al que hace referencia. En vez de cerrarse esperó hasta ese año para ejecutar la tercera profecía, la gente siempre creyó que la puerta se cerró porque la profecía no se cumplía, pero lo que no sabían es que solo estaba esperando hasta 2023 para cumplirse, pues esta era su fecha de ejecución. En el mensaje también aconsejaba que se buscara la reliquia robada para impedir el cumplimiento del tercer vaticinio, objeto que fue buscado por el comandante durante toda su vida.

—En ese caso deberíamos impedir que se cumpliera la profecía sellando el portal —planteó Aarón.

—Pero eso es imposible, la única forma de cerrarla es con la reliquia y el comandante se dedicó toda su vida a recorrer cada rincón y escondrijo de este pueblo, incluso del país, así que nosotros no la encontraríamos de repente; además, estamos encerrados en este castillo —puntualizó Marcos.

—Esa es la clave, el castillo —aseguró Aarón.

—¿Cómo? —preguntó Lara

—El comandante buscó por todos los rincones excepto por uno, el castillo, porque nunca se imaginó que se escondería en un lugar tan obvio, por eso nunca encontró el objeto. En los planos estaban marcados muchos lugares a excepción de este —explicó Aarón.

Los cuatro amigos supieron en ese momento que sus dos prioridades eran: salir de aquella fortaleza y encontrar la reliquia para así sellar la puerta del mal.

—Esto parece un *escape room*, tenemos que cumplir una misión para lograr escapar de aquí —comparó Alba mientras seguían pensando cómo podrían encontrar una salida.

Pasado un rato, decidieron empezar a buscar. ¿Por dónde empezar a buscar? No te aseguro que lo tuvieran muy claro, simplemente empezaron a errar de un lugar a otro sin conocimiento alguno.

—Esperad, según la leyenda, la reliquia fue robada en la capilla, creo que es el primer lugar en el que debemos buscar —aconsejó Marcos.

Parecía razonable su propuesta excepto por un detalle. Estaban encerrados en el castillo, y si recordamos bien, la iglesia estaba fuera del castillo, pero dentro de la fortaleza amurallada. En ese momento, se oyó una voz débil que hacía eco en ese lugar y que decía: "Mena". Según la historia, Mena era el segundo al mando en la orden de Rioviejo.

Durante un largo periodo de tiempo, vagaron sin rumbo dentro del gran recinto, intentaron orientarse y al primer sitio al que fueron fue la habitación maldita. Una vez allí, comenzaron a encontrar pruebas. Sabían que el castillo había sido restaurado, pero tenían la esperanza de encontrar alguna pista, dado que se conservó el interior original, con sus muebles, suelos, paredes, lámparas, puertas…

Para poder cumplir su misión debían buscar en todo el castillo. Para ir más rápido era conveniente separarse sin llegar a quedarse solos, de ese modo, hicieron dos grupos de dos. Una pareja entraría en la habitación del mal y la otra buscaría en la habitación próxima, la más grande, la sala presidencial, donde el alcaide pasaba la mayor parte de su tiempo.

Nadie quería entrar a la habitación malvada, hasta que Alba y Aarón se atrevieron. Ambos eran valientes e intrépidos. Buscaron durante algún tiempo. Alba encontró sobre el suelo una prenda de uno de los actores que se metió allí. Lo extraño de todo fue que los guías no encontraron esa prenda mientras intentaban hallar a los actores desaparecidos. No encontraron nada más, era evidente, pero aun así persistieron en su búsqueda. Pasó un tiempo hasta que Alba notó que una piedra estaba superpuesta sobre un hueco de la pared; retirando esa piedra, encontraron unas hojas llenas de polvo y de un tono amarillento casi marrón. Eran manuscritos y cartas que podrían perfectamente datar de la época de la orden de Rioviejo, debido al estado en el cual se conservaban. En la primera hoja solo había una serie de secuencias numéricas. El segundo papel estaba escrito en forma epistolar. Su caligrafía no permitía que aquella carta fuera legible, se trataba de una letra medieval en cursiva, que complicaba la lectura de ambos niños. Pasaron poco más de diez minutos cuando Marcos y Lara se acercaron a la habitación ocupada por Aarón y Alba, para contarles su gran hallazgo. Resulta que encontraron un pasadizo oculto tras la pared de la habitación presidencial, que solo era accesible al presionar la combinación exacta de tres símbolos ocultos en la pared. Supieron la combinación correcta a partir de observar, dado que estaba grabada en uno de los travesaños de madera del techo de esa misma sala. Rápidamente, los niños se dirigieron al pasadizo secreto, iluminados por las linternas de los móviles. Tenían miedo, aunque no ocurrieron sucesos paranormales. Era raro pues la visita estuvo repleta de este tipo de hechos. Los cuatro niños pasaron por aquel misterioso túnel. Era muy largo y de vez en cuando se podían encontrar telarañas. El pasillo de piedra parecía interminable, cada vez que avanzaban y no lograban ver alguna sala o salida, los niños temían por lo que habría tras el pasadizo. Siguieron andando, ya casi no veían la entrada, pensaban que el túnel era interminable hasta que Marcos se tropezó con un escalón y cayó al suelo. Ya habréis podido comprobar que Marcos era un poco torpe y despistado, pero gracias a su torpeza, pudieron comprobar que ya habían llegado al final del túnel. Parecía una sala, algo extraña, estaba llena de papiros, libros y dibujos en las paredes. Esa imagen era bastante parecida a la que pudieron presenciar los niños en la habitación del comandante. ¿Acaso otra persona también conocía la existencia de la reliquia y quería hallarla, o quizás solo quería esconderla? Esta nueva pregunta la formulo, porque los niños tardaron poco tiempo en darse cuenta de que esos papiros no marcaban cientos de puntos dispersos en el mapa, sino que solo marcaban un punto, casualmente dentro del castillo. Alba se percató de un extraño detalle. Entre aquellos papeles, libros y mapas, había muchas explicaciones y dibujos que exponían teorías de mundos paralelos, ella se quedó confusa y quiso compartir su confusión con sus amigos:

—¿Cómo puede ser posible? Mirad, aquí hay varios escritos que exponen diversas teorías sobre distintos mundos paralelos y viajes transdimensionales, y estos estudios salieron el siglo pasado, por lo que es parte de la ciencia moderna. Solo se me ocurren dos opciones, las dos extrañas: la primera es que alguien ha estado aquí antes que nosotros hace relativamente poco, y la segunda es que en el pasado tuvieran conocimiento de estas teorías que saldrían siglos después.

Los cuatro se quedaron pensando hasta que Aarón dijo repentinamente:

—No creo que nadie haya entrado hace poco, mira todo este polvo y la antigüedad de los papeles. A mí se me ocurre que pudieron haber entrado hace algunos siglos, la pregunta es quién, yo tengo mis especulaciones. Podría haber sido el caballero del mal, ya que estos estudios de viajes transdimensionales hacen referencia al portal del mal, pero este no residía en el castillo para conocer la existencia del pasadizo, y no tuvo el tiempo necesario para construirlo. Eso quiere decir que la profecía de san Gonzalo vuelve a dar en clavo. Según él, había otro caballero del mal, ya que en la leyenda, todos los soldados murieron, entonces ¿quién escondió la reliquia? El caballero al que se refería san Gonzalo. No pudo haber sido ningún otro soldado de la orden porque en esta sala hay mapas con la ubicación de la reliquia, reliquia que desapareció minutos antes de que todos los soldados se desvanecieran, y aunque podría ser que uno de ellos se instalara aquí para buscarla, que yo sepa, en unos minutos no te da tiempo a montar este fortín.

—Tienes razón, después de que todos los soldados desaparecieran por el simple hecho de que el portal seguía abierto, siendo engullidos como hizo con el augur, un soldado logró salvarse, es el mismo al que se refería el guía cuando dijo que uno de ellos se salvó y pasado un tiempo reveló la historia de la profecía. Ese sería el segundo caballero del mal, después se escondería aquí para averiguar dónde esconder la reliquia que robó, porque al haber otro caballero del mal, ese fue el que hurtó la reliquia ya que poseía el conocimiento de que solo ella podía salvarlos —explicó Lara.

—Pero entonces, si había otro caballero del mal, debía tener relación con el principal para llevar a cabo sus terribles planes —aseveró Marcos antes de que Alba siguiera atando cabos.

—Podrían ser amigos, primos, conocidos o incluso hermanos, pero lo importante es que este pasadizo está en la habitación presidencial, por lo que, si mi lógica no me falla, el segundo caballero debía ser el dueño de esta sala.

—¿Insinúas que fue Juárez? —consultó Aarón.

—No solo lo insinúo, lo afirmo, quién va a ser si no. No se metió dentro de la habitación, fue hacia los enemigos solo. ¿Por qué solo? Porque a lo mejor no fue y se escondió hasta que todo pasara para librarse de la orden y continuar con su malévolo plan —hipotetizó Alba.

Recopilando todo, habían descubierto que el portal del mal seguía abierto y no al contrario. También hallaron ese lugar, que era la base estratégica de un segundo caballero del mal, quien fue el ladrón de la reliquia. Desde allí buscó el sitio idóneo para esconderla. Robó ese objeto, ya que sabía que era lo único que podía sellar el acceso con el más allá, y no los rezos como todos creían. La reliquia fue buscada por el comandante durante toda su vida. Pensaban que ese segundo caballero fue el que se salvó y luego exhibió la leyenda.

Mientras todos hablaban, Marcos, que estaba apartado y sumergido en sus propios pensamientos a la vez que intentando leer la carta que Aarón y Alba encontraron en la habitación próxima, habló entusiasmado:

—Acabo de descubrir algo relevante. Es que ese soldado misterioso era hermano del caballero del mal. Leyendo la carta que este escribió, he podido descifrar que finalmente se dirige a un tal "querido hermano" y además firma un supuesto "J.M." que es el caballero del mal, por lo que descartamos que Juárez fuera el segundo, ya que si no la firma sería "J.J." dado que al ser hermanos los dos se deberían apellidar Juárez.

Lara, intentando explicar lo que ya sabían, dijo que tal vez era su segundo nombre y no su apellido o que a lo mejor el apellido iba en primer lugar antes que el nombre con esa "J" inicial. Repentinamente, un gran estruendo les sorprendió, rápidamente y sin aliento, corrieron aterrorizados hacia la salida. Una vez fuera, se quedaron perplejos ante una silueta humana que se posicionaba ante ellos.

CAPÍTULO 8
Amigos para siempre

Pudieron percatarse de que esa persona no era un fantasma, sino un niño, que se presentó como Alonso. Tendría la misma edad que los cuatro amigos, unos quince años. Alonso explicó que llevaba escondido en el castillo durante algún tiempo. Confesó que sus padres murieron en un trágico accidente y que desde entonces no tuvo sitio donde esconderse hasta llegar al castillo, donde vio la oportunidad de resguardarse pese a los acontecimientos que harían imposible vivir allí. También dijo que desde que llegó al castillo, solo un tema le rondaba la mente. Al parecer él también sabía de la existencia de la reliquia y conocía la leyenda, a raíz de eso se dedicó a buscarla para impedir la profecía; aún no había dado con ella a pesar de que se había recorrido el pueblo entero. En ese mismo instante, los niños, después de entablar una amistad con el extraño sujeto, le revelaron todo lo que conocían con el simple motivo de que los ayudara en su misión, después de todo, cinco mentes son más que cuatro. Alonso accedió sin dudar a acompañarlos en su búsqueda sabiendo que la reliquia estaba dentro del castillo, ahora comprobado después de ver los planos que encontraron los cuatro amigos dentro del pasadizo. Alonso dijo de ir a ver esos papeles, pues aunque no conocía ese túnel, sí conocía muchos otros dado que allí vivía. Pasado un rato, Alonso había verificado la ubicación. Él no conocía ningún túnel que condujera a ese lugar, pero sí conocía dónde buscar pistas sobre este. El nuevo miembro de la pandilla les contó una historia muy interesante:

—Hace ya algunos siglos, este palacio sirvió como una orden, ya conocéis esa historia, lo increíble es que también tuvo más dueños, aunque duraron apenas unas semanas. Los últimos residentes del castillo fueron los militares de una compañía militar del siglo XVII, estos militares descubrieron todos los túneles de la fortaleza que después relataron en un libro, incluso descubrieron uno muy especial, "el túnel de la esmeralda negra". En su libro contaban como un pasadizo lleno de obstáculos daba hasta una cámara donde una esmeralda negra se hallaba, esta no era cualquier cosa, sino que era una llave muy especial para abrir un supuesto tesoro, que podría ser la reliquia. Ellos pensaban llegar hasta ella y lo consiguieron, pero no hasta el punto de entrar, pues la esmeralda negra era una piedra que albergaba un poder muy intenso; por ese motivo, la piedra no permitió que llegaran a pasar pues un gran cimiento cayó encima, sepultándoles a ellos y a la entrada. Comprendieron que la piedra era muy poderosa y no tuvieron más remedio que dejarla en su lugar de origen junto a un diario que escribieron los soldados y que daba pistas sobre el lugar del tesoro, eso sí, sabían que el poder de la piedra se liberaba mediante un portador que la encontrara, por ese mismo motivo tuvieron que ocultarla detrás de una serie de trampas que impedirían a cualquiera llegar hasta ella y liberar su poder. También cuentan que la piedra es capaz de conceder un deseo a su portador, incluido que le lleve hasta el tesoro.

Los demás miembros de la pandilla se quedaron sorprendidos, el tesoro podría ser perfectamente la reliquia. También pensaron que si llegaban hasta allí, podrían obtener la llave y la ubicación de la reliquia a través del diario de los militares, y así usar el deseo para escapar de allí.

Alonso conocía la ubicación del pasadizo que lleva a la esmeralda negra pero nunca se había atrevido a entrar, ahora que eran cinco, veía la ocasión de hacerlo y mucho más si tenían que acabar con la puerta antes de que se cumpliera la última profecía. El nuevo integrante del grupo indicó como llegar. Primero debían salir del castillo y dirigirse a la cuarta torre empezando por la derecha, una vez allí encontrarían una trampilla, esa no es la verdadera puerta, sino que abriendo esta con una llave, solo tendrían que presionar una palanca y una escalera de caracol se abriría ante ellos. La llave para abrir la trampilla era diferente de la que abría el torreón, Alonso conocía el pasadizo, ya que hace algún tiempo encontró la llave que después aplicó, tras entrar por un ventanuco. Posteriormente pudo comprobar como la escalera de caracol se abría ante él, aunque no se atrevió a bajar. A continuación, Alonso reveló el sitio donde guardaba todas las llaves que iba encontrando. Presurosos, los cinco niños se acercaron a su escondrijo. Se encontraba en la bodega, que era donde Alonso solía esconderse y vivir.

—¿Por qué escogiste este lugar para esconderte? —preguntó Aarón con afán de conocer. Alonso le aclaró sus cuestiones.

—Sencillo, es la mejor localización de todo el castillo. Es húmedo, por lo que siempre puedo conservar los alimentos. Uso los barriles como mesa o como armario, mira todo esto, hay mucho hueco para el almacenaje, sobre todo de botellas, algo que me es muy útil para reunir toda el agua que necesito en un largo periodo de tiempo, sin necesidad de salir a por más. Las noches de verano son frías, las noches de invierno son calientes, puesto que estamos en el subsuelo resguardados del clima. Aunque suene raro, los grandes barriles son estupendas bañeras, sobre todo cuando el agua de la lluvia se filtra y los llena. Es a prueba de robos y tengo todo escondido en estos entresijos y laberintos que solo yo conozco. El espacio es una ventaja y te aseguro que aquí no suceden hechos paranormales. Siempre que hay una visita aquí me puedo quedar sin que me descubran, después de todo es una zona clausurada. Todo son ventajas, os lo puedo garantizar.

Era ingenioso; de hecho, ese niño sabía cómo buscarse la vida. Llevaba una vida de pícaro, lo que había agilizado su astucia e ingenio. Como esa historia, tenía muchas más que todos escucharon en un rato donde se sentaron en corro para descansar y atender a las cautivadoras anécdotas de Alonso.

—Conseguir comida no es nada fácil, pero todos los días puedo disfrutar de un menú degustación.

Los guías piensan que la comida desaparecida es otro hecho paranormal, o eso es lo que yo les hago creer. Finalizando las visitas los guías ofrecen un dulce típico a los visitantes, y ya se sabe que donde comen 30 comen 31, es un buen postre. Los empleados están convencidos de que hay ratas, siempre oyen ruidos en la bodega, realmente soy yo emitiendo chillidos agudos y golpeando suavemente los barriles con mis uñas. Gracias a esto los trabajadores ponen trampas para ratas, como no, con queso, mi entrante favorito, eso sí, primero hay que cerciorarse de que el queso no esté envenenado, siendo así una trampa más. Los días de mercado reparto pan por las casas, el pan cuesta solo 1 pero diciendo a mis clientes que la tarifa es superior por el servicio de reparto a domicilio, gano ¼ más por hogaza, suficiente para aprovisionarse de comida. Otros días voy a casa de doña Carmen, ella es muy simpática y se compadece de mi situación. A cambio de unas cuantas historias que rondan en mi mente y otras cuantas anécdotas, acabo llenándome de guisos tradicionales. Tampoco puedo olvidar los ricos dónuts que trae Javier los lunes; los empleados siempre acaban discutiendo por quién ha comido un dónut de más. Por último, algún día acompañó a don Luis, el pobre sufre de pérdidas de memoria y de ceguera, soy su lazarillo, a cambio me da una moneda, siempre termino con diez, si aún no os habéis dado cuenta del porqué, recordad qué era aparte de ciego.

Los niños mostraban interés ante sus historias, Alonso seguía contando muchas más.

—También soy empresario. Con el dinero que voy consiguiendo compro uvas, no cualquier uva, sino las que tienen la marca de origen. Las machaco aquí y con ayuda de unas levaduras y piel de uva macerada creo mi propio vino, lo someto a un proceso de filtración y clarificación y lo embotello tras el añejado. Mi amigo de la imprenta me imprime unas cuantas etiquetas y listo, vendo mi propio vino riovejano en el mercado. Yo también he probado algún traguito, está realmente bueno, se nota que lo hace un experto. Los días que el castillo cierra, reparto *flyers* que me proporciona mi amigo de la imprenta para hacer una visita al castillo, los reparto en los hoteles y muchos turistas se apuntan. Como dije lo hago los días que cierra, guío a los turistas, les cuento algunas leyendas y por último les dejo catar en mi bodega mi vino y el queso que obtengo de las trampas para ratones, pero silencio que ellos no lo saben, después les cobro bastante acorde a la visita y la experiencia degustación.

En mis ratos libres no juego a la videoconsola como los demás niños, tampoco salgo a jugar al fútbol, me dedico a dibujar y a escribir. Escribo muchas historias que después relato a doña Carmen o a los niños del orfanato, les encanta oírlas, les hace evadirse de la realidad en la que viven, sobre todo siempre me piden esta:

Cuenta la leyenda que en el año 1835 en el castillo de Grunzuel vivía un conde el cual tenía un hijo, el heredero del condado de Grunzel. Antes de ser conde tenía que casarse, por ello muchas mujeres de aquellas tierras fueron al castillo para que Trufus (el heredero) eligiese a su futura esposa. Para convencerle, las mujeres le halagaban menos una campesina, que solo le miraba fijamente con ojos penetrantes mientras asumía que no tenía posibilidades frente a las demás, que eran ricas y pertenecían a la aristocracia. Finalmente, Trufus eligió a aquella campesina, todos se extrañaron y Trufus explicó: "El amor más puro habla con el corazón y no con palabras hipócritas que se basan en intereses".

—Aparte mis pinturas también las vendo, con todo el dinero que gano, visito museos, hago excursiones, me compro libros y algunos caprichitos. Pero mis pasatiempos favoritos son las cartas y el teatro. Gracias a ellos he llegado a conocer mundo. Mi especialidad es "la brisca" o también conocido como "tute", siempre gano, pues me guardo un "as" debajo de la manga, nunca mejor dicho porque en este juego esa carta es la que más vale. Estos conocimientos son herencia de mi difunto padre, él era mago entre muchos otros oficios, me enseñó lo básico para poder desplumar a cualquiera jugando a las cartas. En alguna ocasión he salido del país con una documentación falsa que supuestamente demostraba mi mayoría de edad; allí triunfé en el teatro, no en cualquier teatro, en el pequeño teatro de la esquina de un callejón al que solo asistían cuatro gatos. Aun así, tenía un papel muy importante, más que cualquier actor famoso, pues era el mejor y único telonero. Siempre me intrigó actuar en un escenario, pero nunca se dio la ocasión. Allí estuve dos meses, sirviendo a aristócratas adinerados, uno de ellos tenía una cadena de restaurantes, gracias a mi ingenio y a una "mano suelta", extraje de los restaurantes el material necesario para montar el mío propio, en uno de los garajes del señor, el cual se encuentra a las afueras. Estaba ambientado en nuestro país, servía platos típicos y contaba historias, gracias a eso gané fama, me llamaban "el guiri", hasta que mi señor me pilló y me despidió. Después serví al dueño de una compañía de trenes. Al igual que con el restaurante, aproveché que mi señor contaba con algunos trenes para crear una compañía de viajes. Todos los que me conocían por "el guiri" vinieron a mí para que les organizara viajes hasta este país, realmente era un dos por uno, les cobraba por traerlos aquí, y por el turismo que después les hacía, obviamente les recomendé este pueblo. Por las noches conducía los trenes hasta la capital de esta comarca y volvía antes de que mi señor se despertara. Cuando me descubrieron me tuve que volver aquí, pero mis negocios continuaron. A todos aquellos que habían viajado desde mi compañía, les recomendé un hotel de unos conocidos, dado que teníamos un trato, yo les llevaba clientes y ellos me daban el 10%. Lo bueno que saco de ese viaje son dos cosas: un idioma nuevo y conocimientos para conducir un tren o como dirían allí: "jau op dibêrendu blacter quero lïgnambew ictenfrà", que significa "De la experiencia puedes sacar grandes dotes". No voy al colegio, pero me gusta oír las clases desde la ventana, en la escuela de Rioviejo.

Sus historias hicieron que los cuatro espectadores ganaran más confianza y apego con el muchacho; por eso, sabiendo que les esperarían muchos obstáculos y dificultades, decidieron que los cinco fundarían una pandilla: "la orden de los amigos". La llamaron así, haciendo referencia a la orden de Rioviejo, debido a que el castillo de esa orden los había juntado. También prometieron que serían amigos por siempre pese a todas las adversidades. Si lograban salir del castillo, Alonso se iría con ellos, para que tuviera una nueva vida donde pudiera potenciar todo su ingenio hacia los estudios y así ir labrando un futuro digno. Los cinco parecían inseparables. El reloj marcaba las 23:57 y en ese mismo minuto Alonso se levantó nervioso y se puso a dar vueltas. Alonso exigió nervioso que abandonaran el lugar. Todos preguntaban preocupados cuál era el problema. El nuevo integrante de la pandilla empezó a guardar algunos objetos como una cantimplora y unas llaves. Los demás siguieron preguntando qué pasaba y Alonso con la misma inquietud no daba datos, sino que decía que debían irse y que no tenía tiempo para contarlo, prometió que más tarde lo haría si todo iba bien. Cuando el niño terminó de guardar todo, se dirigió hacia la salida de la bodega, detrás de él sus nuevos amigos ahora igualmente intranquilos. Aligeraron el paso hasta el salón principal, Alonso se veía algo desconcertado y temeroso, el pulso le temblaba. Estaba en el centro de la sala mirando hacia todos lados, parecía que buscaba algo. Pasaron apenas 10 segundos hasta que el zumbido del reloj avisaba que era medianoche, este resonó por toda la sala. Lo único que Alonso pudo decir con la voz cansada y agitada mientras miraba a todas las direcciones fue:

—Ya es demasiado tarde.

CAPÍTULO 9
A contrarreloj

Todos preguntaron atónitos qué sucedía, Alonso solo repetía la misma frase: "Ya es demasiado tarde".

Cuando Alonso se relajó, pudo explicar que ya eran las 00:00 y que a partir de esa hora las puertas se cierran definitivamente por alguna causa sobrenatural, hasta el amanecer. Ya no podrían salir hacia el pasadizo tan fácilmente. Ese no era el peor de sus problemas. Cuando Alonso conoció a sus nuevos amigos, dio por hecho que sabían la fecha exacta de ejecución de la profecía, casualmente era el día próximo a ese, al ser las doce ya era ese día y la profecía había iniciado su ciclo. Ahora tendrían que descubrir cuánto tiempo les quedaba para que el acontecimiento llegara a su fin. Según el periodo en el que los otros dos vaticinios tuvieron lugar y según las fases de luz, al amanecer no quedaría nada, solo tenían 6 horas a partir de ese momento para evitar la catástrofe, hasta que el primer rayo de luz se dejara ver. Esta teoría se reforzó cuando Aarón sacó el móvil, donde había anotado durante la visita la tercera profecía:

La tercera trompeta de la discordia sonará, cuando tres ataques enemigos, procedentes de una orden mayor, sean recibidos sucesivamente y cuatro desgracias sean anunciadas, Rioviejo se destronará, el ejército finalmente será derrotado, tomarán la gran fortaleza, el fuego vendrá, la población ya no estará y Rioviejo, tal y como lo conocemos, desaparecerá.

Con esto quiso remarcar la primera frase: "La tercera trompeta de la discordia sonará…". Explicó que algunos expertos asocian las trompetas de la discordia con el anuncio de catástrofes. Aarón siguió razonando.

—Yo una vez visité un museo donde se enseñaba la trompeta de la discordia del pueblo donde se hallaba el museo. En aquel municipio la usaban en la antigüedad para anunciar guerras, enfermedades, catástrofes naturales… Según la leyenda todas las veces que esa trompeta sonó fue a las 6:00 de la mañana. Era ahí donde quería llegar, hemos dado con la hora exacta —terminó diciendo.

El reloj marcaba 00:04, tenían exactamente 5 horas y 56 minutos y aún les quedaban muchas cosas por hacer. Alonso sabía la fecha, pero no se dio cuenta de que era ese mismo día hasta que miró el reloj tres minutos antes de medianoche.

Durante unos minutos, los niños se dedicaron a trazar un plan, no tenían tiempo para improvisar, cada minuto valía oro. Lo primero de todo sería separarse. Lara, Marcos y Alba se aprovisionarían con lo necesario, comida, agua, objetos… Aarón y Alonso tenían que encontrar el pasadizo de emergencias que usaba la antigua orden para escapar si la situación lo requería. El primer grupo se dirigió hacia la cocina del lugar, alumbrados por los móviles, móviles que evidentemente no tenían cobertura, por este motivo no pudieron llamar a nadie. Tuvieron que pasar el zaguán y pasar por un pasillo. Antes de llegar la batería del móvil se apagó, aun sin luz pudieron orientar los pocos pasos que les quedaban antes de avecinarse a la cocina; allí, la luz de la noche entraba por un pequeño patio interior donde había una pila que servía en tiempos medievales para lavar la ropa y vajilla. En medio de ese patio un pozo se dejaba ver, era un pozo que daba a un acuífero de una galería perteneciente al relieve montañoso, desde allí obtenían agua sin necesidad de salir. Aunque el pozo estaba tapiado, quitaron la verja y subieron un cubo de agua antes de plantearse que aquella agua podría tener cantidades elevadas de algún mineral tóxico, ya que se extraía del interior de una montaña. Solo pudieron abastecerse de algunos objetos en exposición como cubertería y botellas. Para obtener el resto de los recursos, era necesario que entraran a la sala de almacenaje conectada con la cocina a través del patio, donde en cada visita ofrecían dulces típicos, embutidos locales y vinos de la comarca. El inconveniente era que estaba cerrada con llave, así que usando una palanca que había en la cocina lograron abrir esa sala. Rebuscaron en los cajones durante algún rato. Finalmente se proveyeron de dos botellas de agua de dos litros que encontraron en el frigorífico de las bebidas y una especie de dulces hechos de masa horneada y recubiertos con azúcar, muy comunes en esa zona. Por la gran cantidad de glúcidos que tenían los dulces, podrían recibir suficiente energía para la misión que ejecutarían. En una cantimplora de la cocina, guardaron ginebra con el simple propósito de usarla como desinfectante en caso de alguna herida, ya que no sabían dónde estaba el botiquín que suelen tener los guías. Para terminar el kit de primeros auxilios se guardaron ajos, ya que es un antibiótico natural, algunas telas que cortaron de los manteles, unas tijeras y cinta adhesiva que encontraron en un armario de la estancia.

El segundo grupo, compuesto por Aarón y Alonso, se dedicó a buscar aquel túnel para salir. Según Alonso tendría que estar cerca del patio de armas, pues es el sitio más amplio; además, era el punto de encuentro de todos los soldados y finalmente argumentó que, al ser de emergencias, tenía que estar en el exterior, porque si hay un incendio, inundación o derrumbamiento, las partes más afectadas y peligrosas para estar son las interiores. Tras un largo rato de búsqueda, se fijaron en un desnivel en el suelo. Alonso, que conocía bien el castillo, dijo que este tipo de túneles suelen estar debajo del terreno, cubiertos por un falso suelo, por eso había que estar atento al más mínimo desnivel que lo delatara.

Tras una rápida comprobación de que el falso suelo era hueco, dando unos golpes, intentaron derribar las piedras para abrir el túnel; al ser de emergencia suele estar tapiado con el propósito de solo abrirse una vez, eso quiere decir que nunca lo usaron. Después de unos cuantos golpes sin ver resultados, pensaron en que en caso de emergencia no podrían tardar tanto en abrirlo, juntos dedujeron que debería tener una especie de mecanismo. Alonso explicó que algunos arcos se aguantan solos con la presión de las mismas piedras juntas, ese podría ser el mecanismo. Al estar las piedras sueltas en esa zona, es decir, sin cemento, solo tendrían que hacer palanca hasta que una piedra cesará y rompiera el mecanismo de aguante, haciendo que las demás cayeran. Después de mucha fuerza, la idea dio sus resultados y el falso techo se cayó dejando ver unas escaleras que seguían en un pasillo. Como marcaba su plan, avisaron al primer grupo con dos metales que llevaban. El plan marcaba que cuando descubrieran el pasadizo, tendrían que aporrear los metales para que se pudieran guiar por el sonido. Lo hicieron, pero al ver que no daba resultado se acercaron al zaguán, desde allí vieron a sus otros tres amigos apresurarse hacia ellos espantados, dijeron que un gran mal les perseguía. Miraron fijamente y vieron como una sombra se acercaba lentamente por el pasillo, todos corrieron sin saber a dónde ir, separándose del grupo; ahora estaban solos y a oscuras en alguna parte del lugar, cada uno de ellos perseguido por sus fantasmas del pasado, ya que esa es la manera en la que el mal persuade y engaña para acercarse a la gente y que sean ellos mismos los que caigan en la trampa… A fin de cuentas, todos nos arrepentimos, nos lamentamos de algo o escondemos secretos.

CAPÍTULO 10
Fantasmas del pasado

Marcos es un niño de 15 años, vive con su madre y su hermano pequeño, es algo torpe pero ocurrente. El ámbito educativo no es una de sus virtudes, pero tiene un gran futuro en la empresa de su familia. Con 6 años viajaba en coche con sus padres y su hermano, sus padres discutían hasta que tuvieron un trágico accidente. Él sufrió varias lesiones, su hermano tuvo una lesión medular que le ha llevado a una paraplejia, su madre tuvo una perforación de tímpano derecho con pérdida completa de la audición en ese oído, además de quemaduras de segundo grado, y su padre falleció. Desde entonces Marcos no ha sido el mismo. Tuvo problemas de comunicación, llegando a estar dos meses sin hablar después del accidente. Muchos psicólogos le han tratado, tiene un cuadro de estrés postraumático visible en estados de ansiedad pasajeros a causa de la pérdida de su padre y de los daños de su hermano. Actualmente es una persona extrovertida, ya que tiene miedo a la soledad y a conocerse a sí mismo más a fondo, porque sabe que si mira dentro de él, va a encontrar un vacío, el vacío que le dejó su padre.

Marcos estaba andando desorientado, como el resto de los integrantes de la pandilla. Él voceaba los nombres de sus compañeros sin obtener respuesta, lo que le produjo uno de sus ataques de ansiedad. El mal aprovechó este momento de debilidad para ir a por él. Algunos rayos de luz lunar se dejaban ver a través de la ventana, estaba en el salón principal. A través del pasillo, al fondo pudo ver una figura muy familiar que mascullaba. Era su padre quien le susurraba.

—Hijo, ven hacia mí, no tienes que temer, ahora volveremos a estar juntos.

El niño anonadado caminaba hacia él mientras decía entre lágrimas: "Papá". El espectro tenía los brazos abiertos esperando a Marcos, quien cada vez se acercaba más hacia sus brazos.

—¡Para! —exclamó Alba desde la puerta paralela.

Marcos se giró y el individuo desapareció. Marcos estaba algo indignado con ella. Decía que por qué había hecho eso si por fin iba a reencontrarse con su padre. Alba explicó.

—Ese no era tu padre, era el mal. Verás, el mal conoce nuestros puntos débiles, los usa para engañarnos y que vayamos hacia él.

Alba también había tenido un encuentro con sus fantasmas del pasado.

Alba tiene la misma edad que Marcos, es una chica valiente e inteligente. Su infancia fue dura, lo que le ha llevado a ser fuerte y realista. La relación con sus padres nunca fue buena, no pudo recibir el cariño fraternal de su familia excepto por su abuelo, ella siempre sintió mucho afecto por él, ambos se querían. Su abuelo comprendía la situación que pasaba con el resto de su familia, por eso siempre la consolaba, ella quería a su abuelo más que a nada. Un día discutieron por una tontería, su abuelo quería lo mejor para ella, pero después de colgar el teléfono, tras finalizar la disputa, su abuelo sufrió un infarto por el disgusto y terminó falleciendo. Alba siempre se culpó y se arrepiente de aquello. Ella quisiera cambiar las últimas palabras que tuvo con su abuelo y decirle lo mucho que le quiere, pero ya es demasiado tarde.

Alba caminaba por el zaguán hasta que escuchó: "Albi (así era como su abuelo la llamaba), te acuerdas de mí, o es que no me quieres, la última vez que hablamos me dejaste triste, me has matado", la última frase la repetía varias veces. Alba sabía que ese no era su abuelo, ignoraba esas palabras mientras avanzaba firme para salir de esa sala sin evitar tener los ojos lagrimosos, pero conteniendo sus sentimientos que pedían salir de una manera desbocada en un lamento. Fue en ese momento cuando encontró a Marcos, las voces desaparecieron y fue cuando le advirtió gritando: "¡Para!".

Lara nació en el mismo año que Alba y Marcos, pero aún no ha cumplido los 15 años. Lara tuvo una infancia feliz, es algo miedosa, también resolutiva y madura. Se separó de su mejor amiga hace años, ya que ella se mudó, la echaba mucho de menos, siempre pensó en llamarla, pero tenía miedo de hacerlo. Siempre se preguntaba para sus adentros: "¿Y si tiene otra mejor amiga?". "¿Y si ya no se acuerda de mí?". Después de algunos años la única noticia que recibió de ella es que había fallecido. Lara estaba en un pasillo y al fondo de este pudo ver a su antigua amiga diciendo:

—Nunca me llamaste ¿acaso no me aprecias?

—No es eso, puedo explicártelo —se excusó Lara sorprendida, después de una pausa.

Estaba cegada por el reencuentro, de manera que no pudo darse cuenta de que iba hacia ella.

—¡Fuiste una mala amiga! —repetía el espectro numerosas veces.

Alba y Marcos aparecieron para pararla. Lara estaba devastada emocionalmente mientras lloraba y se atribuía la culpa. Alba explicó que la táctica que más usa el mal es hacerte sentir culpable para hacerte aún más débil y que le sea más fácil destronarte. Alonso apareció sofocado, se alegró por encontrarles e informó que se había liberado de sus fantasmas del pasado. Aarón aún seguía perdido. Todos se precipitaron para encontrarle, posteriormente encontraron a Aarón sentado en un escalón con la cabeza agachada y sumido en sus pensamientos. Aarón prefirió no hablar de lo que había visto y seguir adelante con su misión, aún tenían que llegar a la antigua salida de emergencias. Estaban desubicados, pero gracias al conocimiento del terreno de Alonso, pudieron llegar hasta el patio de armas. Pararon un momento para tomar aire y asimilar lo que había sucedido. Según Alonso sus difuntos padres le habían hecho una visita pidiendo que fuera con ellos, pero él pudo orientarse por las voces de Alba y Marcos para encontrarse con ellos sin dejar sucumbirse por la tentación de volver a abrazar a sus padres, conocía las estrategias que el mal era capaz de hacer con tal de derribar a alguien.

Aarón se sentó en un bordillo con la misma postura que tenía cuando le encontraron y con la misma expresión triste en la cara. Alba se acercó a él, se sentó a su lado y le preguntó que si quería hablar del tema; él se negó, pero agradeció su compañía y preocupación.

Una vez relajados, se acercaron al túnel portando todas las provisiones recolectadas. Alba fue la primera en bajar las escaleras que conducían a la salida, después le seguían los demás alumbrando el camino, era extraño cómo podía haber telarañas si el camino nunca fue abierto, permaneciendo siempre clausurado. Alba vio que ese túnel era interminable y con el concepto de las telarañas se paró bruscamente y se dio cuenta de una cosa, el guía decía que era común que existieran pasadizos trampa para despistar a los extraños que asaltaban el fortín. Dio un paso más y un sonido de engranajes sonó.

—¡Corred, es una trampa! —gritó Alba desesperadamente.

Todos corrieron hacia la entrada mientras el techo se derrumbaba. No pudieron llegar hasta la salida cuando las piedras les alcanzaron. Alba solo pudo gritar mientras sus amigos se quedaban atrás.

—¡No…!

CAPÍTULO 11
El otro mundo

Pudiera parecer que esta historia ha llegado a su final, pero en cierto modo, ¿qué sería una historia de suspense sin giros dramáticos?...

—¡Alba... Alba! Tenemos que continuar con la misión, debemos salir ya —llamaba Aarón a su amiga.

Resulta que Alba se quedó dormida sobre el hombro de Aarón mientras le hacía compañía en el bordillo. Alba contó su sueño y advirtió que podría ser un sueño premonitorio y que no se sentía segura saliendo por ese túnel. Pensaron que podría ser cierto y tras comprobar que no había telarañas decidieron ir con mucho cuidado; además, desde la entrada se podía ver el final. De todos modos, ella insistió en pensar en otra cosa, dijo que, al ser un espacio abierto al público, debe tener una salida de emergencia para los visitantes por normativa. Alonso explicó que la salida de emergencias es la propia puerta de entrada al castillo, la cual se encontraba bloqueada. La única opción era salir por aquel pasadizo pedregoso. Alba perseveró en convencer al resto de sus amigos para encontrar otra salida. Todos estaban presentes cuando el guía explicó que algunos túneles eran trampa para engañar a los asaltantes del castillo. Aarón propuso salir por la ventana de la sala de empleados, realmente era un habitáculo más del castillo, pero fue adaptado para que pudiera trabajar el personal de la fortaleza.

Alba expuso que al momento de entrar se fijó en dos ventanas del lugar donde les recibieron, la sala del personal. También dijo que no sería complicado llegar pues solo tendrían que atravesar la cocina, la pequeña sala donde los visitantes cataban las bebidas y dulces ofrecidos al final de la visita y desbloquear la puerta con una tarjeta que portaban los trabajadores. Ese era el único inconveniente, pero podrían forzar la puerta hasta que cesara. La idea de tener que atravesar una parte del castillo les aterraba, pero el hecho de que podía ser un pasadizo trampa lo hacía aún más.

Eran las 00:23, se dispusieron a llegar hasta las ventanas, esta vez con la fuerza de voluntad necesaria para enfrentarse a las adversidades que pudieran aparecer. Todos juntos y sin separarse marcharon dando pasos firmes pero precavidos. Al principio los únicos sonidos que se alcanzaban a escuchar eran las respiraciones aceleradas de los niños y el eco de los zapatos percutiendo contra el suelo petroso. A continuación, el mutismo del lugar se transformó en susurros de voces familiares que reprochaban incontroladamente en las mentes de cada uno de los niños: "Me has matado", "Ya no me quieres", "Por qué me haces esto" ... Todos cerraron los ojos y siguieron caminando lentamente, como si una ráfaga de viento se antepusiera ante ellos haciendo fuerza en su contra y no les dejara caminar libremente o a un paso acelerado. Conteniendo las lágrimas y sentimientos, anduvieron hasta la puerta que les conduciría hacia la libertad o hacia algo peor. Las voces se callaron al momento de empezar a forzar la puerta usando una palanca, pero la cerradura era demasiado fuerte. No podían abrir aquella puerta, pues el mecanismo era demasiado complejo para ceder con una palanca, y ya era demasiado tarde para pensar en otro plan de escape. Alba pensó que podrían romper el sistema para desactivar la cerradura, solo necesitan una descarga eléctrica, pero al no haber electricidad, la opción más coherente sería romper el lector de la tarjeta y desactivar la cerradura manualmente, una práctica que resultó acertada. Entraron en la sala de personal, había dos ventanas, ambas separaban la habitación del interior de la fortaleza; aunque salieran del castillo, seguirían dentro de la muralla. Cruzaron a través de la ventana, una vez fuera del castillo, pararon un momento a tomar aire tras haber vivido una serie de sucesos inexplicables. Continuando con su plan, tendrían que dirigirse al torreón para atravesar el túnel de la esmeralda negra, que era la llave para llegar hasta la reliquia que podría frenar el transcurso de la profecía. Después de todo lo que pasaron, tenían claro que eran capaces de idear un plan astuto para escapar, como hasta el momento habían hecho, pero no podían irse sin cumplir su misión, sentían el deber moral de evitar el desastre. Cuando tuvieron las fuerzas necesarias para involucrarse en su cometido, siguieron su camino en dirección a la torre. Aarón, que es muy observador, no pudo evitar percatarse de un pequeño detalle: mientras transcurría la visita, era inevitable darse cuenta de la luminiscencia de la luna llena, que inundaba de fulgor el oscuro castillo. Ahora la luna ya no estaba llena, sino que se había convertido en una luna cóncava en fase menguante iluminando levemente el cielo estrellado. Extrañado, Aarón compartió su inquietud con los demás, aunque pudieron discurrir que se trataba de un efecto óptico, concluyeron que algo mayor estaba pasando.

Juntos, subieron a los altos de la muralla, querían descubrir el porqué de este acaecimiento. Desde arriba se podía contemplar la inmensidad de la noche, el territorio arbolado y… ¿El pueblo?

El pueblo no estaba, era como si hubiese desaparecido, parece algo loco pero no era un espejismo. Los niños no estaban acostumbrados a este tipo de situaciones. ¿Cómo debían reaccionar ante la desaparición de un pueblo entero? Era algo irreal, incoherente e imposible, pero no podían disimular la realidad. El pueblo había desaparecido. Relacionando esto con el cambio repentino de fase lunar, algo estaba claro, eso no era real, pues la realidad que conocían disponía de un pueblo en el lugar donde lo echaban en falta en ese momento, y de una luna llena en vez de menguante. Si algo estaba claro era que aquello no era la realidad, pero era difícil de comprender que aquellos amigos cambiaron de escenario en un corto periodo de tiempo.

—Ya lo tengo. El portal del mal es un agujero en el espacio-tiempo, ya que comunica con otra realidad, el más allá, dicho de otra manera, la habitación del mal es un puente entre nuestro mundo y este, cuando entramos en busca del móvil de Marcos viajamos a través de este. De hecho, ya tiene explicación la desaparición de los actores —explicó Alba convencida.

—Tienes razón, pero ¿por qué encontramos a Alonso en este mundo? —inquirió Marcos mientras miraba fijamente a Alonso.

—Posiblemente habré viajado aquí alguna de las veces que entré en la habitación del mal, ya que vivo en el castillo, pero debió de ser hace poco, porque he salido muchas veces de la fortaleza. Ahora que lo pienso, ayer me armé de valor y entré por primera vez al habitáculo, en ese momento se debió dar el viaje —justificó Alonso.

—Si esto es cierto debemos volver a nuestro mundo, pues si cerramos el portal del mal, sellaremos el puente que comunica nuestro mundo con este, lo que significa que ya no podríamos regresar a nuestra realidad —dijo Aarón mientras bajaban todos de la muralla, después siguió con su explicación.

—Si encontramos la esmeralda negra, podremos hallar la reliquia, cerrar el portal y usar el deseo para regresar a nuestro mundo.

—Es cierto, pero es algo egoísta. Te das cuenta de lo que vamos a poseer, vamos a tener el deseo que queramos. El deseo acertado podría cambiar el mundo para bien, es mejor que localicemos la piedra, que regresemos a nuestro mundo, y que desde allí averigüemos el paradero de la reliquia, sellemos el portal y finalmente aprovechemos el deseo que concede la esmeralda —comentó Lara.

—Es un plan perfecto salvo por un pormenor. Si encontramos la piedra en este mundo, solo funcionará aquí, si la trasladamos a nuestra realidad la piedra no existirá, ya que solo existe en la dimensión donde estaba. Eso quiere decir que, si queremos que el deseo funcione, primero debemos viajar a nuestra dimensión, después encontrar la piedra y finalmente cerrar el portal transdimensional. Si allí es encontrada la piedra, allí es donde existe y allí es donde tiene funcionalidad de cumplir un deseo —aclaró Alonso.

Todos reconocieron su argumentación. Ni ellos mismos existían en ese mundo pues su existencia estaba ligada a la dimensión de donde proceden.

Ahora tendrían que repetir el camino que les condujo hacia donde se encontraban para volver a ingresar en el castillo. Posteriormente se agruparían en el mismo sitio que les transportó al mundo alternativo donde estaban, el más allá, y terminarían volviendo al mundo real.

No les costó mucho afluir al castillo siguiendo el mismo recorrido previamente marcado, minutos atrás por ellos mismos. Una vez dentro, solo tendrían que llegar hasta la habitación maldita. La tarea parecía simple pero otro detalle desmontó su convicción: ¿en qué momento la puerta principal del castillo estaba abierta? Podrían pensar que en el más allá, la puerta siempre permaneció abierta, pero viajaron mucho antes de idear el plan de escape, si la puerta hubiese estado abierta hace unos minutos, no hubieran escapado por una ventana, simplemente habrían salido por ese acceso. Algo mayor estaba volviendo a pasar, no tuvieron que reflexionar mucho sobre ello, repentinamente el sonido de varias pisadas contra el suelo alertó a los cinco amigos. El sonido de los pasos cada vez era más notorio. Varias sombras se dibujaban en la pared del salón de ceremonias. Iban aumentando progresivamente su tamaño al igual que el sonido de los pasos. Alguien o algo se estaba acercando. Era tarde para huir, los niños volvían a estar aterrorizados, de un momento a otro el ruido cesó. Los niños confundidos intentaron escapar de ese escenario. Aarón encabezaba la fila de los cinco adolescentes, salieron del salón de ceremonias, pero solo pudieron dar un paso, se notaban observados y el ruido reapareció, pero no en forma de pasos, sino en forma de respiración acelerada a escasos metros de ellos. Aarón se quedó inmóvil con la cabeza agachada, pero al momento de alzar la vista, no pudo contener un grito.

CAPÍTULO 12
El Otro, otro mundo

El grito de Aarón rebotó en las paredes del castillo. No podían creer lo que veían, eran cinco caballeros, o al menos pretendían serlo; sus caras denotaban más miedo que las de los propios niños, sus trajes no eran del todo realistas. Sus cortes de pelo no parecían los propios de un caballero medieval, más bien parecían actores, más concretamente, los cinco actores que desaparecieron en la visita teatralizada, al momento de entrar a la habitación del mal. Ambos grupos estaban asustados, pero al aclarar la identidad y procedencia de todos los allí presentes, los nervios de cada uno disminuyeron significativamente.

Los actores explicaron que con las llaves de empleados pudieron abrir el portón principal. Estaban más asustados que los niños, así que ellos se vieron en la necesidad de contarles lo sucedido y de cómo habían llegado allí. Los cinco adolescentes explicaron que el portal continuaba abierto y que habían viajado al más allá a través de este. Era una historia difícil de creer y mucho más viniendo de un grupo de adolescentes, pero los actores terminaron por asimilar el suceso ocurrido. El temor se veía reflejado en la cara de los cinco intérpretes, lo único que hicieron después de dar las gracias al grupo de amigos fue correr en dirección a la habitación del mal convencidos de sus intenciones. Se enclaustraron allí y en cuestión de minutos, los cinco desaparecieron.

Los amigos sabían que tendrían que hacer lo mismo que aquellos actores, regresar al mundo; además, habían comprobado que el agujero de gusano era efectivo, tras ver que los actores se habían desvanecido en la habitación. Tras concienciarse de lo que iban a hacer, se apresuraron a ir hasta la habitación, allí, la pandilla de amigos se encerró esperando eso que les había traído allí. Todos cerraron los ojos y esperaron pacientemente. *A priori* no se había notado ningún cambio, pero cuando abrieron los ojos comprobaron que el escenario se había sustituido por otro. La distribución de los muebles había sido modificada y la luz solar se filtraba entre la rendija del pequeño ventanuco. Eran conscientes de que habían salido del más allá, pero también sabían que esa no era la realidad en la que ellos vivían. Para empezar, la vez que abandonaron su mundo real era de noche, ahora los rayos solares iluminaban el área; la última vez que vieron la habitación durante la visita, estaba casi vacía y deteriorada, ahora parecía estar habitada. No sabían qué había pasado, pero después de asomarse al pasillo, entreabriendo la puerta, vieron a dos caballeros pasar, caballeros que parecían reales y no como los actores. Surgieron muchas teorías, la más realista la expuso Alba:

—Ya sé lo que ha pasado. Acabamos de viajar desde el más allá a nuestra realidad, pero teniendo en cuenta que en los agujeros de gusano no existe el tiempo, hemos aparecido en nuestro mundo, pero en una época aleatoria de la historia. Por el aspecto de los caballeros, son pertenecientes a la orden de Rioviejo, por lo tanto, hemos acabado en el siglo XIV.

—¡Esto es una locura! ¿Cómo puedes estar tan tranquila después de lo que ha pasado? —se inquietó Marcos expresando preocupación.

Es cierto que todos los niños se encontraban exhaustos.

—Calmaos todos, es pronto para preocuparse. Al igual que hemos llegado hasta aquí, podremos salir —tranquilizó Lara a todos sus amigos.

—No es tan fácil, podríamos tardar años en llegar hasta la actualidad. Podemos aparecer en cientos de épocas aleatorias cada vez que viajemos, la probabilidad de aparecer exactamente en el momento del cual venimos es mínima. Además, si en el rato que llevamos aquí no hemos aparecido en otra realidad, significa que el portal aún no ha sido abierto; por lo tanto, hemos viajado a una realidad donde aún no existe el medio de transporte que nos ha traído hasta aquí —aclaró Alba. Alba era una apasionada de la astrofísica, y conocía mucho sobre el tema.

—Eso significa que solo tenemos dos opciones: esperar a que el portal se abra e intentar llegar a nuestra realidad, o buscar ayuda externa que nos asesore sobre cómo viajar hasta dicha realidad —propuso Aarón.

—Para ello tenemos que saber en qué año estamos, teniendo de referencia que el portal se abrió en el año 1342. Si aún quedan muchos años, deberíamos considerar la segunda propuesta que ha dicho Aarón —aseveró Lara.

—Eso sí, cuando viajemos a la actualidad, debemos hacerlo al momento posterior a nuestra desaparición, porque si no nos encontraríamos con nosotros mismos cuando aún seguíamos allí —alegó Alba.

Era imposible que aquellos niños ocultaran la preocupación que tenían, era normal que estuvieran asustados. ¿Cómo estarías tú en su lugar?

La preocupación de los amigos aumentó cuando alguien aporreó la puerta y preguntó:

—Joven escudero, habéis de salir de vuestros aposentos, ya ha amanecido y no es de provecho seguir remoloneando.

Cuando quisieron darse cuenta, sobre la cama, descansaba una persona, difícil de ver al estar enredada entre las sábanas. Ya era demasiado tarde y el joven se levantó lentamente, se estiró, bostezó una vez y se puso en pie. Quiso ir al mueble que se encontraba detrás de los cinco niños, evidentemente los vio y se asustó.

—¡¿Quiénes sois y qué hacéis en mi alcoba?! —preguntó un chico que apenas estaba saliendo de la adolescencia.

—¡Calla! Si no dices nada te contaremos quiénes somos —murmuró Aarón.

El joven se tranquilizó y se sentó en la cama, aún usando el andrajo con el que había dormido.

—Tal vez sea un poco raro y difícil de creer, pero venimos del futuro, tras haber cruzado un agujero en el espacio-tiempo. Es una larga historia y necesitamos volver a nuestro mundo —comunicó Alba.·

—Sí que es algo difícil de creer, pero podéis estar diciendo la verdad, solo oyendo vuestro extraño vocablo y viendo vuestras extravagantes vestimentas, me hace creer que sois de otro mundo —creyó el joven de la habitación.

—Si quieres una prueba, mira esto —dijo Marcos mientras sacaba el móvil de su bolsillo. Marcos encendió el móvil, aunque no tenía cobertura, obviamente, el chico se quedó asombrado con tal hallazgo para él.

—¿Qué es ese artilugio? —preguntó el residente de la habitación.

Marcos explicó brevemente el funcionamiento del teléfono móvil, pero no esperaba que el joven lo entendiera. El muchacho terminó por creer a los forasteros. A continuación, se presentaron ante él. Se llamaba Ignacio, provenía de una familia humilde y era escudero del alcaide en la orden de Rioviejo. Soñaba con llegar a ser caballero algún día. Tenía 16 años y llevaba en la orden algunos meses. También aclaró la duda de los amigos, estaban en el año 1329, 13 años antes de que se abriera el portal del mal en esa misma habitación, por lo que esperar a que el puente transdimensional se estableciera ya no era una opción. Aquel momento fue interrumpido por la misma voz que antes despertaba a Ignacio.

—¿Aún sin salir, escudero? ¡Apresúrate!

Ignacio ordenó a los niños que salieran mientras rebuscaba sus vestiduras en un mueble de madera.

—Habéis de salir, las visitas no están bien vistas. Os tiraré unos harapos por la ventana para que paséis desapercibidos. Buscad hospicio en la taberna próxima a la muralla desde la parte exterior, bajando el camino de la entrada y siguiendo de frente hasta el fin de dicha senda. Os darán comida y cama a cambio de dinero o trabajo, id en mi nombre y serán hospitalarios. Al anochecer venid a las cuadras del castillo, allí nos encontraremos.

Los niños salieron cuidadosamente de la habitación y recorrieron los pasillos hasta el zaguán a hurtadillas, salieron por la puerta del castillo sin llegar a salir de la muralla, ya que fueron a la ventana de Ignacio, a esperar los guiñapos acordados. Cuando estuvieron posicionados al frente de la ventana de Ignacio, encontraron los harapos prometidos ya en el suelo, al parecer ya los había lanzado. En el enredijo de ropa, había cinco andrajos gastados. Intentaron salir desapercibidamente por el portón de la muralla. Lo consiguieron, pero ahora les quedaría un largo viaje hasta el centro. La fortaleza de la orden se encontraba a las afueras, en lo alto de un cerro pasando un extenso campo lleno de agros, sustento agrícola del condado de Rioviejo. Para entender mejor esto, es necesario comprender la distribución del condado.

Está compuesto por cinco zonas principales: la primera zona, ubicada al norte del condado y conocida como Arcus, es una zona alta, campal y agrícola. En esta, está ubicada la fortaleza caballeresca de la orden de Rioviejo. Hay muchas hectáreas en agros que generan la mayor parte de productos agrícolas de la comarca; del mismo modo, al haber tierras de cultivo, viven campesinos y agricultores en casas humildes repartidas por el área, estos se encargan de las tierras y del ganado.

La segunda zona es conocida como Punta Herrero, está debajo de las alturas y de la zona central. Ese nombre se debe al antiguo comercio de herrería que se llevaba allí. Ahora Punta Herrero estaba habitado en una parte por comerciantes extranjeros que comerciaban con productos de origen lejano como: colonias, joyas, tapices, especias… y, por otra parte, por los propios riovejanos. Aun así, era un espacio de bajos recursos, con habitantes con menos posibilidades económicas y refugio de algunos ladrones y prófugos, ya que Punta Herrero estaba fuera de las murallas y tenía menor vigilancia. Cerca de esta zona estaba el casco histórico de Rioviejo, se encontraba amurallado, dentro estaba el castillo del señor de esas tierras y conde de Rioviejo, la plaza principal, el mercado más importante y gente aristócrata con buena situación económica, además de otros simples plebeyos y siervos.

La siguiente zona está más apartada de Punta Herrero y el centro de Rioviejo. Esta es la más pequeña y está bajo la protección de la muralla de la última área. Es un sitio común y activo en comercio. En la zona más pequeña hay bastantes nobles, en el espacio más grande está la judería. En el espacio que hay entre el casco histórico y los dos lugares mencionados anteriormente, hay algunas casas y un monasterio.

Tras conocer esto, podrás entender el recorrido que hicieron los niños hasta llegar al casco histórico. Desde allí siguieron el camino en dirección contraria a la entrada de la muralla para llegar a la taberna recomendada por Ignacio. Entraron en la tasca y buscaron al dueño. En el sitio se ofertaba y servía vino, hidromiel, platos calientes, habitaciones para hospedarse… entre muchas otras cosas. Era una taberna común en el medievo, pero distinta para los niños acostumbrados al siglo XXI. En el centro de la taberna se hallaba la barra, alrededor de ella, había distintas mesas con taburetes de madera; pasando por una puerta al final de la taberna, llegabas a una zona más recogida y oscura, había alguna mesa, pero casi todo el espacio se ocupaba con barriles y cajas. También, frente a esta puerta, al otro extremo del establecimiento, unas escaleras daban a entender que existía un segundo piso, probablemente con las habitaciones. Al igual que estas escaleras, se hallaban otras al lado de los barriles, por el ajetreo de los taberneros subiendo objetos y bajándolos, podría haber un almacén; por otro lado, estaban presentes diferentes puertas alrededor del lugar, incluso una conducía hasta una bodega donde se elaboraban los vinos afrutados, se fermentaba la uva y se daba el proceso de creación del hidromiel.

En la barra preguntaron, pero un tabernero rezongón respondió de malas maneras.

—Aquí no encontraréis lo que buscáis si venís por caridad. Una taberna no es lugar para vosotros.

Los niños insistieron en que venían buscando hospedaje en nombre de Ignacio.

—Esperad, es Ignacio quien os manda. ¿A costa de qué le conocéis? —interrogó otra voz más grave y sosegada que se acercaba lentamente desde un cuartucho.

—Buscamos donde hospedarnos —se dirigía Marcos hacia el mismo hombre del cuartucho.

El hombre fue saliendo poco a poco dejándose ver la cara; para la sorpresa de los amigos, tenía el rostro cubierto de cicatrices y traumatismos pasados.

—Aprecio asaz a ese muchacho, y estaría dispuesto a hacer rebajas a quien viene en su nombre, pero de lejos se deja ver que vuestra condición no recompensará los servicios ofertados.

Aarón le respondió que trabajarían en lo que quisiera a cambio de comida y cama.

—Escucharé vuestras ofertas en mi despacho, acompañadme —dijo el que parecía ser el dueño.

El dueño era un hombre culto, fornido y temible. Era aparentemente tranquilo, aunque parecía algo malvado, tenía "aires de grandeza" y miraba a todos por encima del hombro con cierto desprecio.

Los amigos se ofrecieron a limpiar, servir, cocinar... pero era inútil, el dueño insistió en que ya tenía suficientes asalariados y las alcobas al completo. Todos tristes sin saber qué sería de ellos, dieron la espalda e hicieron un amago de salir del despacho antes de que el dueño les interrumpiera.

—Aunque tengo hueco en mi alcoba, la chica de la derecha se puede quedar en calidad de esclava —sugirió el dueño mientras señalaba a Alba.

Ninguno de los otros cuatro iba a dejar que Alba se quedase a merced de un desconocido.

—Os ofrezco otro trato más tentador, la chiquilla recibirá un sueldo y vosotros podéis dormir en la bodega, donde no os faltará ni comida ni agua —proponía el dueño de la taberna.

Aunque no les parecía bien el trato, Alba les convenció argumentando que no podían dormir a la intemperie, sufriendo las secuelas del hambre y la sed. Esa era la mejor opción. Finalmente, todos accedieron.

—No dejaré que te haga nada ese indigno —le cuchicheó Lara a Alba mientras salían los cuatro acompañados del dueño, dejando a Alba en ese habitáculo.

CAPÍTULO 13
Nuevos comienzos

—Esta es la bodega, dormiréis aquí, pero ni en el peor de los casos tocaréis los barriles u os serviréis de las bebidas. ¿Está claro? Si desaparece una sola gota de vino, no seré tan piadoso con vosotros. Aquí tenéis una hogaza de pan y un odre con agua —espetó el dueño de la taberna. Seguidamente lanzó el pan junto con el odre, a los pies de los muchachos.

El lugar era húmedo y oscuro, no era como el hotel en el que se hospedaban hace unas horas, pero era mejor que dormir en las calles de Rioviejo, con hambre y sed, a la vista de los ladrones. Allí por lo menos tenían un techo, agua, pan, camas de heno y mantas. Pasaron algunas horas en ese lugar hasta el anochecer, cuando recordaron que se habían citado con Ignacio. Intentaron encontrar a Alba, pero no daban con ella, hasta que la vieron entre la multitud de gente que a esas horas frecuentaba la taberna.

—Marchaos sin mí, aquí hay mucho trabajo y no me dejarán salir —insistió Alba mientras algunos borrachos gritaban de malas maneras que no se demorara tanto en traer más vino.

Se marcharon prometiendo que informarían a su amiga de lo que hablaran. Fueron algo más deprisa de lo normal, ya de por sí era tarde, pero además el trecho que separaba la taberna de la fortaleza era muy largo. Llegaron a duras penas a las cuadras del castillo, colándose por el portón que no tardaría mucho en cerrarse.

—Al fin estáis aquí, creía que ya no vendríais —se planteó Ignacio antes de que aparecieran. Él ya les esperaba allí.

—Tenemos que solucionar vuestro problema y creo haber dado con la solución —repetía Ignacio entusiasmado—. He oído hablar de un augur, dicen que es muy experimentado, el problema es que sus servicios cuestan unos buenos dineros.

Los amigos no tenían dinero de esa época, así que no podrían pagar sus servicios.

—Sus servicios cuestan 200 doblones, si no consigue solucionar el inconveniente, no reclama el importe. Es demasiado caro, pero dicen que es el mejor —siguió contando Ignacio.

Según él, ese dinero eran varios sueldos mensuales. Los niños pretendían usar esa opción como último recurso, y buscar otro adivino más asequible. Eso sí, no se librarían de trabajar por lo que cada uno buscaría un trabajo hasta que pudieran reunir el dinero suficiente para pagar a un augur.

Marcos decidió que se quedaría con Ignacio aprendiendo, intentarían que le admitieran como escudero y que tal vez en un futuro pudiera llegar a ser caballero. Alonso no sabía qué hacer, aunque tenía una cosa clara, en el presente nunca tuvo ocasión de estudiar por su situación, a lo mejor allí, podría encontrar asilo en un monasterio y comenzar con sus estudios. Lara y Aarón, sin saber qué hacer, se lanzarían a la calle en busca de trabajo. Se despidieron de Ignacio y de Marcos prometiendo que se verían dentro de una semana por la noche, en el mismo lugar. Más tarde volvieron a la taberna para descansar.

A la mañana siguiente, Aarón y Lara acompañaron a Alonso a las puertas del monasterio, allí golpearon tres veces con la aldaba hasta ser abiertos por un monje.

—Que dios os bendiga. ¿Qué os trae hasta aquí?

Explicaron que Alonso quería ingresar como aprendiz y estudiar.

—No es común admitir a niños por su propia voluntad, suelen ser oblatos, que son ofrecidos por sus padres para educarlos e inculcarles la religión católica —dijo el monje desde la puerta.

—Vivo en una situación difícil, no tengo dinero y tampoco padres, mi sueño desde niño ha sido conocer y saber —aseguró Alonso.

Después de un rato de reflexión el monje habló:

—Se lo consultaré al padre Abad, esperad aquí.

Pasado un rato, el mismo individuo volvió a asomarse por la puerta.

—Estás admitido como aprendiz, aprenderás latín, escritura, lectura, cantos gregorianos y enseñanzas teológicas, además de aprender en el *scriptorium*.

Alonso se acercó al monje con el propósito de entrar al monasterio.

—¿Y tus amigos? —preguntó el monje.

—Se las apañarán, ya tienen cobijo —respondió Alonso.

Alonso y el monje entraron, la puerta se cerró mientras Alonso sonreía a sus amigos. Solo quedaban Lara y Aarón por encontrar ocupación. Ambos se acercaron al centro en busca de trabajo, pero a lo lejos vieron a una multitud agrupada en las calles del pueblo. Dejaron su búsqueda para más adelante y se acercaron a ver lo que pasaba. Había mucha gente, así que preguntaron a algunas personas qué estaba pasando. Muchas de ellas no quisieron responder, limitándose a lanzar una mirada despreciativa. Parecía un desfile, había caballeros, soldados, frailes… Encabezaba el desfile un caballero, sosteniendo una bandera; detrás, dos hileras de tres soldados portando lanzas. Siguiendo el desfile, había otros tres caballeros en fila, portando diferentes banderas, vestimentas y mantas distintas en cada caballo, a juego con la bandera y traje de los jinetes. Seguidamente, seis soldados con tambores y trompetas generaban una armoniosa melodía. A continuación, había algunos aristócratas y funcionarios reales, después de ellos, ocho soldados con vestimentas distintas a los otros se dejaban ver. Los anteriores tenían un sobreveste rojo y dorado, con un escudo en medio, la sobrevesta de estos últimos era azul y negra, con una cruz en la zona central. En medio de estos soldados, había algunos frailes y un obispo sosteniendo una custodia con la sagrada forma; los sacerdotes y monaguillos a su lado llevaban velas o cruces. Después había cuatro soldados más, iguales que los primeros, tres con espadas y el otro con un estandarte, encabezando al resto. Detrás, estaban dos doncellas, una mayor y otra de la edad de Aarón y Lara. Esta segunda, al ver que Aarón preguntaba desesperadamente el motivo del desfile, y nadie le respondía, se rio sutilmente sin maldad alguna, es más, parecía bondadosa. Se dirigió a Arón con una voz muy suave:

—No hagáis más el ridículo, yo os responderé. Mi padre ha cedido el condado a mi hermano mayor. Ahora ya podéis dormir tranquilo —terminó regalándole una sonrisa a Aarón.

En ese momento, Lara había desaparecido entre la multitud, Aarón quería reencontrarse con ella, pero no podía salir en medio de aquel bullicio. Cuando era el turno de que pasara el nuevo conde en su caballo, entre vítores y aplausos, los huecos entre la muchedumbre se estrecharon más. Cuando el conde pasó junto con algunos de sus soldados frente a Aarón, una faltriquera con muchas monedas se dejó caer desde su cinturón al suelo. Aarón la cogió y uno de los señores que antes le había despreciado e ignorado cuando preguntaba la procedencia del desfile le dijo amablemente:

—Trae eso, chico, iremos a medias. ¿Sí?

El niño se apartó y se metió en el desfile, desde allí vociferó para que el conde le oyera:

—Mi señor, esperad, se os ha caído esto.

El gentío hizo silencio repentinamente y contemplaron a Aarón. El señor de Rioviejo se bajó de su caballo y se dirigió al muchacho. El nuevo conde tendría entre 17 y 22 años. Amablemente habló con Aarón:

—Una persona de vuestra condición no habría hecho lo mismo, sois una persona honrada.

—Gracias, señor, mis padres siempre dicen que actuando con honradez seré mejor persona —agradeció Aarón.

—Y tienen razón, tomad —dijo el conde mientras le extendía una moneda de la bolsa—. Personas como vos son las que necesito en mi palacio. Si buscáis trabajo, acudid mañana a primera hora a las puertas de mi castillo.

El conde se subió de nuevo a su caballo y el desfile continuó al igual que los vítores. Cuando el acontecimiento finalizó, Aarón salió de entre la muchedumbre con la finalidad de buscar a su amiga. Fuera, Lara lo esperaba. Se acercaron y Aarón se predispuso a contar entusiasmado el suceso que le había ocurrido. Lara se adelantó:

—Lo sé, me alegro mucho por ti.

Se notaba que Lara hablaba con sinceridad y se alegraba porque su amigo iba a trabajar para el mismísimo conde de Rioviejo. Aarón insistía en que no iba a dejarla sola, pues era la única de la pandilla que quedaba.

—No puedes rechazar ese trabajo, necesitamos el dinero; además, ya sabes que, si me propongo algo, lo consigo, soy muy persistente y trabajadora —declaró Lara.

—Lo sé, puedes conseguir cuanto te propongas y más, lo único que me da pena que nos separemos, lo bueno es que hasta mañana no empiezo por lo que tenemos el día entero —se apenó Aarón.

Volvieron a la taberna y al momento de entrar, una voz advirtió:

—Estamos cerrados.

Resultó ser Alba que estaba recogiendo. Se alegraron de ver a su amiga y le contaron lo que había dicho Ignacio la noche pasada, los caminos que habían tomado Marcos y Alonso y el suceso de Aarón durante el desfile.

—¿No te habrá hecho nada ese depravado? —pronunció Lara bajando el volumen de voz.

—Descuida, no lo permitiría —contestó Alba susurrando.

Alba ofreció algo de comida a sus amigos, el dueño no les había proporcionado nada desde la hogaza de pan de la noche pasada que tuvieron que compartir cuatro personas.

—Sentaos, os traeré algo de comer del almacén. Hay mucha comida así que no se darán cuenta.

Se sentaron en una de las mesas de la taberna vacía, Alba llegó al rato con dos platos de pan, queso y morcilla.

Los niños hambrientos se pusieron a comer, hasta que apareció el dueño por la puerta y los vio.

—¿Qué es esto? ¡¿Acaso has estado robando mi comida para dársela a estos dos muertos de hambre?! Vete a la habitación, has terminado el trabajo por hoy.

Alba se quedó paralizada mientras el dueño dictaminó:

—¿No me has oído? ¡Vete!

Alba acató la orden y se fue corriendo.

—Y vosotros. ¿Cómo pensáis pagar esto? Sois dos alimañas, así que ya no dormiréis aquí, llamaré a las autoridades.

—No hará falta, daros por pagados. —Aarón sacó el doblón que le había dado el conde.

Cada plato costaba un cuarto, el otro medio de doblón se lo quedó el hombre excusando que era por las molestias causadas.

—Abusasteis de mi confianza diciendo que no teníais dinero y ahora me pagáis con nada más y nada menos que un doblón entero. Fuera de aquí, aprovechados, no os quiero ver más por mi taberna. Despedíos de vuestra amiga.

Era un trato injusto, pero amenazados con llamar a las autoridades, tuvieron que abandonar el lugar, Alba gritó desde el despacho donde miraba lo que estaba ocurriendo: "¡No!". El dueño se enfadó y la ordenó volver dentro. Lara y Aarón abandonaron el lugar tristemente.

Vagaron durante horas por las calles buscando asilo, pero no sabían a dónde ir. Cayó la noche y la única opción que les quedó fue llamar a las puertas de una iglesia y pedir ayuda al sacerdote. Era la iglesia de San Guillermo. El sacerdote, además de fraile, dijo que una iglesia es lugar santo y no podían dormir allí, pero que les acogería en su casa, ya que todavía eran muy jóvenes. Durmieron esa noche en la casa del religioso. A la mañana siguiente, Aarón se despidió de Lara y mostró su agradecimiento por la hospitalidad del sacerdote. Marchó entonces al castillo del señor feudal. Recorrió Punta Herrero y entró en el centro amurallado, pasó el mercado y en lo alto estaba el castillo. Subió las escaleras y llamó a la puerta, abrió el mayordomo y preguntó qué quería.

—Ayer el señor me citó en palacio para trabajar —confirmó Aarón.

—Lo dudo, solo eres un esclavo mentiroso y aprovechado. ¡Vete de aquí si no quieres que tome represalias! —criticó el mayordomo mientras alzaba la mano con la intención de golpear a Aarón.

—Baja la mano si no quieres que las represalias las tome yo, retírate. —Apareció el conde desde lejos.

—Lo siento, señor. —El mayordomo agachó la cabeza y se fue.

El conde pidió perdón por el comportamiento de su servicio. Él mismo le dio la bienvenida y le explicó sus obligaciones:

—Vuestras ocupaciones en palacio serán principalmente la limpieza y otros menesteres que surjan, bienvenido a palacio. Saúl os guiará hasta vuestros aposentos y no volverá a intentar atentar contra vuestra dignidad.

Aarón expresó su agradecimiento. Saúl, el mayordomo, le mostró las instalaciones. El servicio trabajaba en la planta baja. Aaron era sirviente, y solo los asistentes podían subir a las plantas superiores mientras la familia estaba en palacio. Los sirvientes solo subían para limpiar sin estar de cara con los señores, por eso una de las normas de ellos era que debían abandonar el lugar que limpian si aparecía un miembro o invitado de la familia. Había un lugar cochambroso donde dormían los esclavos; en cambio, los sirvientes dormían en habitaciones compartidas, habitualmente por uno o dos sirvientes más. Los asistentes gozaban del privilegio de dormir solos, aunque evidentemente, las habitaciones no eran ni muy amplias ni muy lujosas. A un lado estaba la parte donde convivía el servicio, el pequeño comedor y un baño común con algunas letrinas y unas cubetas de agua; los esclavos se aseaban y comían en el mismo lugar donde estaban recluidos. En la otra parte estaba la cocina y muchas salas para trabajar. En los rangos dentro del servicio, como ya habrás intuido, primero iba el mayordomo, después los sirvientes de asistencia, inferior a estos los sirvientes comunes y por último los esclavos. Ellos no recibían un sueldo, pues eran propiedad de su amo. El mayordomo controlaba el servicio. Los sirvientes asistentes servían la mesa, acataban los encargos de un superior, seguían al señor en ciertas ocasiones y en general asistencia y apoyo a los señores. Los sirvientes comunes se encargaban de la cocina, la limpieza, el cuidado de los caballos, entre muchas otras funciones. Por último, los esclavos se ocupaban del trabajo duro, trabajaban el agro del señor, limpiaban las cuadras, transportaban cosas pesadas…

Terminado el *tour*, el mayordomo quiso recordar a Aarón lo siguiente:

—Te habrás librado esta vez, pero aquí abajo mando yo, así que ándate con ojo.

Le dieron otras vestiduras, algo mejores que los harapos que Aarón llevaba; se las puso después de asearse un poco con un cubo de agua.

Ese mismo día comenzaba su trabajo, tenía que preparar un caballo para el hermano menor del conde. Aunque solo tenía 12 años, iba a comenzar su preparación militar para llegar a ser caballero, como hacían los nobles. Aarón peinó al caballo, le puso agua, comida y preparó las monturas; después, un sirviente de asistencia comprobó la sujeción de estas y se llevó al caballo. Una vez terminaron las clases de hípica, regresaron el caballo a las cuadras y Aarón le quitó el armazón tal y como se lo puso y acomodó al animal.

Era de noche y el estómago de Aarón rugía, pero aún no podían comer hasta que terminaran de servir a los señores. En la cocina había un ajetreo descomunal. La casa recibía invitados para celebrar el nombramiento del nuevo conde, por ello el servicio andaba de un sitio a otro y los platos usados empezaban a acumularse. El mayordomo, a sabiendas de que Aarón había trabajado mucho ese día, le ordenó que lavara los platos y limpiara la cocina. Había bastante cubertería, como para quince personas, y muchos utensilios de cocina, además de cacerolas más grandes de lo habitual. Cuando los cocineros y sirvientes terminaron sus labores fueron a cenar, excepto Aarón, quien inició a lavar la vajilla con ayuda de un balde con agua. Todo el servicio se fue a descansar, a Aarón le quedaba algo más de la mitad de los platos. Trabajó durante toda la noche. Cuando estaba ocupándose de la última gran cacerola, notaba sus brazos cansados. Los ojos se le cerraban, sus manos estaban arrugadas por el agua y su estómago le rugía con más fuerza que nunca, pero su cansancio pudo contener el hambre cuando el último rincón de la cocina estuvo limpio. Se retiró a su habitación compartida sigilosamente, parecía un muerto viviente andando, del agotamiento que tenía. Llegó a la habitación y sin despertar a sus compañeros, durmió plácidamente.

CAPÍTULO 14
Esfuerzo

—Aarón, despierta, el mayordomo ha seleccionado muchas tareas para ti hoy —así le despertaba el compañero de cuarto de Aarón.

El mayordomo sabía que ayer había encomendado a Aarón una tarea muy complicada y larga. Normalmente cuatro sirvientes se ocupaban de eso, pero adicional a esto, esa noche hubo cubiertos de diez personas más; por eso, el mayordomo se dirigió a la cocina con la intención de comprobar que el niño no pudo finalizar su labor, y así tener una excusa para regañarle, pero su reacción fue otra cuando llegó a la cocina. Toda la cubertería y las cacerolas no solo estaban limpias, sino que relucían más que nunca, Saúl estaba sorprendido y más aún cuando lo vio despierto a pesar de haber estado toda la noche limpiando.

Ese día el mayordomo había seleccionado más tareas complicadas para Aarón. La primera de todas ellas era ir al mercado. Siempre que un sirviente va al mercado, es acompañado por un esclavo para que cargue con todos los alimentos que tienen que comprar, pero esta vez, Saúl dijo que fuera solo.

Ya que Aarón se acercaba al mercado quiso ver qué era de Lara. El niño aún estaba muy cansado, pero cumplía con sus obligaciones como podía. Aarón se acercó a casa del fraile a preguntar.

—Buenos días, ¿sabríais decirme qué es de mi amiga?

El religioso lo miró y llamó a Lara, quien se alegró mucho de ver a su amigo.

—¡Aarón! Qué sorpresa. ¿Qué tal tu nuevo trabajo?

Aarón no dijo nada, parecía que estaba en otro mundo. Cuando Lara vio las ojeras de su amigo y la cara decaída que tenía habló antes de recibir una respuesta.

—Eres libre de hacer lo que te plazca, si ves que es un trabajo muy duro puedes dejarlo.

—No es eso, Lara, simplemente parece que el mayordomo me tiene ojeriza porque me han enchufado en el empleo. Pero no hablemos de mí. ¿Tú qué harás?

—Por el momento me quedaré con Fray Francisco. Me está enseñando mucho y yo me he ofrecido para ayudarle en la iglesia. Cuando sea conveniente, buscaré algún trabajo bueno, donde sepan valorar mis dotes.

Aarón tuvo que irse pues aún tenía que comprar en el mercado. Llegó al mercado principal, este estaba dentro de la muralla, aquí se vendían todo tipo de artesanías, alimentos y objetos. Se dirigió a la zona de los alimentos. El mayordomo solo repitió dos veces la gran lista de productos que debía comprar, con la intención de que no se acordara y así tener excusa para amonestarlo, al igual que quería hacer con la limpieza de la cocina. Sorprendentemente Aarón recordaba todos los productos encargados. Primeramente, fue a la frutería y verdulería.

—A los buenos días. ¿Qué necesitáis? —comunicó el vendedor.

—Necesito media docena de manzanas, tres cebollas, ocho zanahorias, dos coles, una cabeza de ajos, cinco puñados de uvas, dos naranjas y cuatro docenas de fresas —solicitó Aarón.

—Vaya, tenéis una buena memoria, desgraciadamente yo no gozo del mismo privilegio, así que tendréis que repetir más despacio esa lista —observó el mercader.

Aarón compró todos los productos pasando por distintos puestos y obteniendo alimentos muy variados, como: huevos, leche, pescado… A cada sitio que iba, le cuestionaban si iba a poder llevar tantas cosas.

—Aquí está, una bolsa con 100 manos de harina —dijo un mercader.

La mano era un sistema de medida de masa que equivale a 35 gramos; por lo tanto, esa bolsa de harina pesaba 3,5 kilogramos. En ese momento, Aarón ya iba demasiado cargado.

—Chico, vas a poder con todo —cuestionó el mismo mercader.

Aarón asintió con la cabeza, solo le quedaba medio doblón y aún tenía que comprar todos los ingredientes para los dulces que prepararían mañana para los señores y sus invitados, los barones de Naraleja.

—Sería medio doblón —pidió el vendedor de la harina.

Aarón no se imaginaba ese precio, pues le quedaría muy poco dinero para comprar el resto de los ingredientes. Esto se trataba de una prueba del mayordomo, que le había dado menos dinero, así tendría otro motivo para reprenderlo y acusarlo de ladrón.

Aarón tuvo que rechazarlo y pensó que si compraba directamente el trigo y hacía él mismo la harina, le saldría más barato que comprarla ya procesada. No se podía permitir pagar el azúcar, así que crearía su propio endulzante. Con el dinero restante se acercaría a Punta Herrero con la finalidad de comprar algunas especias que darían un buen sabor a los dulces, como la canela, que aunque es común en su época, dicho de otro modo, en la nuestra, en el medievo era más exclusiva y poco conocida debido a que se producía en países lejanos. Aarón ya sabía que daría un buen sabor así que compró un pellizco con un cuarto de doblón, en esa época era cara. Con el dinero restante, fue al agro más cercano y compró el equivalente a 3 kilogramos y medio con el cuarto restante, iba muy cargado así que el agricultor ordenó a su hijo mayor que le ayudara a transportar el trigo.

Llegaron al castillo y esa vez, Aarón entró por la puerta del servicio.

—¡¿Qué es todo esto?! —refunfuñó el mayordomo.

—Veréis, el dinero no era el justo, no sé por qué, tal vez los precios han subido, así que he tenido que ingeniar un método para crear nuestra propia harina y nuestro propio endulzante —se explicó Aarón.

—¡Pamplinas! Tú lo que eres es un ladrón y un atrevido —increpó Saúl enfurecido.

—Podéis intimidarme y mandarme trabajos complicados, pero no voy a permitir que atentéis contra mi honra cuando vos sabéis que no soy nada de eso —reclamó Aarón defendiendo su dignidad.

El mayordomo no sabía qué contestar. Pese a todo, él estaba sorprendido de que hubiera cargado con todos los alimentos desde el mercado, y de que se las hubiera ingeniado para buscar una solución a la falta de dinero, después de haber trabajado considerablemente durante la noche. Por el momento estaba pasando sus pruebas, así que decidió ponerle una que sabría que no podría completar, dado que en esa época no era nada común que un adolescente varón cocinara.

—Bien, has tenido el atrevimiento de traer estas alternativas más trabajosas, así que tú serás el que cocine los dulces, si no eres capaz, date por despedido —retó Saúl creyendo que no lo lograría.

En cambio, Aarón, en la actualidad, solía cocinar, pues era una de sus aficiones.

Era necesario que Aarón empezara a crear la harina y a macerar las frutas. Desgranó el trigo y trituró los granos manualmente, seguidamente tamizó la harina para que fuera más fina y la dejó reposar. En una cazuela, metió hidromiel, que ya de por sí era algo dulce por la miel, junto con fresas cortadas y lavadas, agregó un poco de canela, lo tapó con un trapo y lo dejó a temperatura ambiente. Hizo lo mismo en otra cazuela, pero usando manzanas en vez de fresas.

Al día siguiente Aarón se despertó temprano para empezar a cocinar. La fruta ya estaba macerada, así que la usaría para endulzar, además del poco azúcar que quedaba, que quemó para crear caramelo y dar un sabor más especial. Hizo una masa que dejó reposar hasta cocinarla en el horno de piedra con la fruta macerada y el caramelo. Se esmeró durante todo el día por crear una especie de pasteles o pastas de manzana y fresa, con muchos aromas provenientes del alcohol donde habían sido maceradas las frutas, la canela, el caramelo y los propios aromas afrutados de la fresa y la manzana. Lavó los platos como Saúl decretó y sirvió los dulces cuando llegó la visita. Los barones de Naraleja acompañaron al conde hasta el atardecer, cuando se marcharon.

—Señor, me habéis hecho llamar —pronunció el mayordomo a su señor después de que la visita de los nobles finalizó.

—Sí, he de decir que nunca había probado dulces mejores que estos, los barones me han felicitado por tener un servicio tan profesional; además, la bandeja de plata relucía más que nunca, tanto que podía ver reflejada mi mano a la perfección cuando la acercaba para coger uno de estos deleitables pastellillos. Por esto quiero felicitaros a vos y quiero que le trasmitáis mis felicitaciones al servicio —alabó el conde.

Saúl se había dado cuenta de que a pesar de su impertinencia, Aarón, no solo había superado las pruebas, sino que lo había hecho con cierto grado de excelencia. Todo el que hubiese estado en su lugar no habría aguantado los trabajos tan duros que le había encomendado el mayordomo, así que se veía en la obligación de comunicar su satisfacción con el conde.

—Realmente solo hay que felicitar a Aarón, él es el obrador de estos dulces y de que la cubertería resplandezca. Pese a las difíciles pruebas que le he puesto, ha demostrado afrontar los problemas con madurez, ser astuto a la par que inteligente y muy trabajador.

—Vaya, vuestro criterio es ciertamente convincente de que el muchacho tiene valía. Siempre confié en él, es impresionante el buen trabajo que ha realizado. Yo creo que es digno de un trabajo que requiera mayor responsabilidad. ¿No creéis? —reconoció el señor a su mayordomo.

—Aarón, vas a dejar de ser sirviente... —Aarón estaba preocupado mientras el mayordomo le hablaba. Él creía que iba a despedirlo, a causa de la ojeriza que el mayordomo sentía por el niño— ...y vas a ser, desde ahora, sirviente de asistencia con la ocupación de mozo de los recados.

El niño estaba alegre por la noticia, eso sería crecer en el escalafón del servicio. Ahora su tarea sería transmitir o llevar mensajes importantes y hacer encargos a los señores como: comprar algo, llevar cartas o paquetes... También, si el señor requería cierta acción, él lo ordenaría en su nombre. Aarón simplemente se sentía dichoso. Tenía ganas de celebrar la noticia con sus amigos, pero cada uno había tomado su camino y esperaba ansioso el reencuentro con todos ellos, la semana próxima en las cuadras de la fortaleza. Esa noche Aarón se instaló en su nueva habitación. Solo estaba él, y en el silencio de la soledad, haciendo tiempo antes de dormir, comenzó a filosofar y a sumirse en sus pensamientos. Hasta entonces, no había tenido ni un solo rato de tranquilidad, para recapacitar sobre todo lo que habían pasado él y sus amigos, en los últimos días. Asimismo, intentaba asimilar que ya no estaban en la actualidad, sin saber con certeza cuándo volvería a ella. Tras reflexionar sobre todos los sucesos acontecidos, sus ojos comenzaron a cerrarse y sus pensamientos a apagarse. Aarón había tomado un momento para discurrir en todo lo ocurrido; no obstante, llegó el turno del descanso y de la liberación del cansancio acumulado. Así pues, se quedó profundamente dormido.

CAPÍTULO 15
El consejero

Ha pasado aproximadamente un mes desde que Aarón se quedó dormido en su propia habitación. Marcos siguió con su aprendizaje militar como escudero en la orden de Rioviejo; Alonso continuó con sus estudios en el monasterio y se inició como aprendiz de amanuense; Lara continuaba en la casa de Fray Francisco, tomando sus enseñanzas y ayudándolo en la iglesia; Alba seguía en la tabernera y Aarón...

—Transmitirle mis agradecimientos a vuestro señor por su regalo.

Aarón andaba por las calles de Rioviejo con un mensaje en mente.

Ahora vestía diferente: llevaba una camisa ligera de tela blanca, calzas, botas y sobre la camisa, una túnica corta, sin mangas y marrón, sujeta por un cinturón. Con esta nueva ocupación, recorría el pueblo con recados y mensajes, así que podía visitar de vez en cuando a sus amigos.

Mientras Aarón regresaba de hacer un recado, se plantó frente a la ventana de la taberna, y tras cerciorarse de que el dueño no estaba en una habitación, tiró una pequeña piedra que entró en la estancia mencionada, situada en la segunda planta. Alba salió y dijo que no podía quedarse mucho tiempo hablando; entonces, propuso que la pandilla de amigos se reuniera por la noche en el mismo sitio de siempre, las cuadras de la fortaleza. Alba pidió que él transmitiera ese mensaje a todos los que estuvieran disponibles.

El niño se marchó de vuelta a sus labores, pero antes hizo una parada en la iglesia de San Guillermo.

—Buenos días, Lara. ¿Qué tal?

—Todo marcha bien. Fray Francisco me ha pedido que lave estas telas en el lavadero, ahora marchaba hacia allí. Y a ti. ¿Qué te trae por aquí?

—Venía a avisarte de que Alba nos ha citado a todos en las cuadras, esta noche. Tú, espera aquí hasta que vengamos a por ti. Alonso, imagino que no vendrá, desde que ingresó en el monasterio no le he visto, supongo que estará centrado en su aprendizaje.

Concluida la visita, el niño siguió con su trayecto hasta llegar al castillo. Ingresó por la puerta del servicio y buscó al conde, quien aguardaba en su despacho, mientras revisaba algunos pergaminos.

—Aarón. ¿Entregaste mi regalo para la hija recién nacida de los barones de Naraleja? —preguntó don Pelayo, conde de Rioviejo.

—Sí, señor, les ha entusiasmado recibir el sonajero. Les informé de que el objeto venía de tierras lejanas y de que las piedras preciosas que decoran dicho objeto son reales. Ellos me han pedido que os exprese su agradecimiento —transmitió Aarón.

Pasaron las horas y la noche cayó. Aarón y Alba se reunieron fuera de la taberna y se pusieron en camino, con el propósito de encontrarse con Lara. Una vez los tres se habían reunido, se acercaron a la fortaleza y llamaron a Marcos y a Ignacio desde la ventana; después, los esperaron dentro del establo. Ellos llegaron al rato.

—Ayer recibí mi primera paga, aunque modesta —celebró Alba mientras sacaba 4 doblones.

Aarón sacó los 10 doblones que había ganado como mozo de los recados. Marcos y Lara no tenían nada, pero no hacían gasto.

En total tenían 14 doblones y necesitaban 200. Este era un precio abusivo, así que Alba comentó:

—Hoy en la taberna entró un adivino, venía con dos esclavos y pidió una jarra de vino. Me di cuenta de que era una especie de pitoniso, porque muchos clientes frecuentes empezaron a pagarle; a cambio, el hombre auguraba sucesos futuros, les brindaba consejos dentro del ámbito espiritual, les ayudaba a resolver dudas sobre difuntos… Cuando me acerqué para servirle otra jarra, observé que la gente soltaba 5 bastos de doblón… —Los bastos equivalían a 10 doblones— …En algunos casos, cuando no llegaban al precio establecido, se conformaba con cuatro bastos y medio.

Esa alternativa era más accesible. Los amigos hicieron un trato, donde debían juntar sus ganancias hasta reunir el dinero necesario para pagar a un adivino. Así que juntaron todos los doblones, a excepción de uno que cogió cada uno por si lo necesitaban, y enterraron el resto fuera, pero dentro de la fortaleza. Al mes siguiente hicieron lo mismo, en total tenían 23 doblones enterrados. En esa reunión también hablaron de temas diversos, Alba comenzó explicando:

—Cada vez me cuesta más venir, el dueño de la taberna desconfía de mí y me cuesta convencerle para poder salir. Está muy raro últimamente, veo trapicheos en su despacho, en ocasiones creo que vende a los esclavos por más dinero del que le costó a él, pero son solo conjeturas.

—Aarón, lleva este pergamino y esta faltriquera al monasterio, ellos sabrán qué darte —se dirigió don Pelayo a Aarón.

Aarón vio la oportunidad de saludar a Alonso, de este modo cumplió con su encargo y fue al monasterio.

—¿Qué queréis? —dijo un monje asomándose a la puerta. Este era alto y fornido, pelinegro, de ojos grises y con una cicatriz en el ojo derecho.

—Vengo a entregar este encargo, también quería preguntar por un aprendiz que ingresó hace dos meses aproximadamente, se llama Alonso —quiso averiguar Aarón.

—Alonso ha empezado su noviciado, le han trasladado a otra abadía, así que no molestéis —así se despidió el extraño monje dando un portazo, sin hacer caso al encargo.

El mozo volvió a llamar a la puerta y otro monje distinto la abrió.

—Que dios os bendiga. ¿Qué os trae por el monasterio?

—Vengo a entregar esto de parte del señor feudal.

—Esperad aquí.

Aarón seguía algo anonadado por la contestación y la actitud del otro monje, por lo que quería saber quién era y por qué había reaccionado así.

—Aquí están los manuscritos encargados: *Juegos de azar* e *Historia del reino*.

El adolescente tomó los dos libros y antes de irse preguntó.

—Antes me había abierto otro monje, más distante, era alto, fornido, de ojos grises, pelinegro y tenía una cicatriz en el ojo derecho. ¿Sabéis quién es?

—Aquí no hay ningún monje que cumpla con esa descripción.

—¿Estáis seguro?

—Tanto como que soy el padre abad, conozco a los integrantes del monasterio.

Entonces el monje cerró la puerta cuidadosamente. El joven mozo de los recados siguió con sus obligaciones, pero no paraba de preguntarse qué había pasado. Tenía pensado contárselo a sus amigos, pero hasta el próximo mes, no se reunirían. Ahora quedaban muy de vez en cuando, cada uno tenía que cumplir con sus quehaceres. Así que, sin dar más vueltas al tema, Aarón regresó al palacio y entregó los libros a su señor. El momento fue interrumpido cuando un mensajero real entró por la puerta junto con el mayordomo.

—En nombre de su majestad Leonardo I, os traigo este mensaje —pronunció el mensajero.

El mayordomo preguntó si todo iba bien, pero por la cara que ponía don Pelayo, no parecía ser una buena noticia.

—El rey se muere —se estremeció Don Pelayo—. Saúl, comunica que me preparen un caballo, he de salir ahora.

El mensajero se retiró y Saúl hizo lo mismo. La cara del conde reflejaba preocupación, y Aarón creía saber el porqué.

—Tengo entendido que los herederos al trono son mellizos. El que nació primero repudia a su padre y hará lo mismo con todos los que le apoyen. Muchos creen que sería un mal gobernante. El segundo no es igual, sería un buen rey, pero nadie sabe si va a reclamar el trono por ser mellizo, o si admitirá la primogenitura, aunque en este caso es ambigua. Vos queréis que el segundo hermano herede la corona, pero si el primero al final termina siendo rey, no admitirá que hayáis apoyado a su hermano y a su padre. Es una paradoja, porque si el segundo finalmente es el monarca, no verá bien que no hayáis acompañado a su padre en sus últimos instantes de vida.

—Entonces… ¿Qué debo hacer? Mi predilección es Guillermo. —Guillermo era el segundo mellizo y Arturo, el primero.

—Debéis mostrar neutralidad. La situación por la que pasará el reino es complicada, así que no se debe apoyar a ningún bando. En la primera llamada, este mensaje que acaba de llegar, no es obligatorio acudir. En la segunda, todos los nobles deben acompañar a su monarca, sino se tomaría como deslealtad a la corona. Acudid con el rey cuando el segundo mensaje llegue. Guillermo verá que os habéis presentado y Arturo creerá que solo fuiste por obligación al recibir el segundo llamamiento, tras ignorar el primero. Después, dejad que los demás tomen la decisión, si tienen buen criterio, acogerán al monarca indicado —aconsejó Aarón.

El conde consideró la propuesta y felicitó a Aarón por su criterio, por ello, cuando el mayordomo llegó a avisar de que el caballo estaba listo, don Pelayo comunicó que de momento no acudiría a la llamada del rey, pero que estuvieran atentos para salir a la segunda llamada.

Llegó la tarde y con ella, el segundo llamamiento. Esta vez el conde de Rioviejo salió en su caballo, estuvo toda la noche y para desgracia del reino, el rey Leonardo I falleció, y las primeras disputas llegaron. Era necesario que el consejo real se reuniera para elegir al nuevo monarca, don Pelayo estaba dentro de este, además de otros nobles, funcionarios reales, autoridades eclesiásticas y los altos cargos militares. Pelayo siguió el consejo de Aarón y no participó en el debate, manteniéndose neutral. En varias ocasiones se interesaban por su opinión, él se negaba a alegar en contra de alguno de los dos infantes. Estuvieron dialogando durante toda la noche, pero nos vamos a centrar en las últimas charlas y decisiones.

—No podemos elegir a nuestro antojo, debemos seguir la ley de derechos del primogénito —comunicó uno de los obispos.

—La decisión también la tienen los nobles, y opinamos que Guillermo debe ser nuestro nuevo rey —expresó un noble.

—Como institución, tenemos autoridad en los asuntos de legitimidad, como mediadora. La Iglesia propone que, para no favorecer a ninguno de los dos herederos, se decida el rey conforme a la ley establecida de primogenitura; por lo tanto, el poder de la corona recae sobre Arturo Castro, infante y primogénito del reino —concluyó un alto representante eclesiástico.

Entonces se decidió que el rey sería Arturo, según la primogenitura. Ese mismo día se coronó al nuevo rey en la catedral, con el nombre de Arturo II. Acudieron muchos nobles a la ceremonia, y se presentó ante el pueblo en la plaza principal de su propio ducado. Un día después apresaron a su hermano, estaba huyendo del reino, ya que sabía lo que le esperaba. Arturo II le sentenció a ser decapitado por traición a la corona; después, ejecutó a cuatro nobles que le habían apoyado.

Gracias a los consejos de Aarón, don Pelayo se había mantenido neutral, por lo que el rey no tenía nada en contra de él. El señor feudal estaba muy contento con el asesoramiento de Aarón, entonces, tras regresar a su feudo y entrar en palacio, ofreció a Aarón ser su nuevo consejero. Esto se trataba de otro ascenso para el joven, en algo más de dos meses en el medievo, había conseguido llegar a ser consejero de un señor feudal muy influyente en la época.

Pelayo fue invitado al palacio real, para asistir al banquete de bienvenida del nuevo monarca. En ese instante, su consejero le recomendó que ya podía salir del aspecto neutral, y mostrar su afecto al nuevo rey, para que este viera su fidelidad y supiera recompensarlo. Vestido de gala, el conde marchó antes del anochecer.

Ese día, Aarón no tenía nada que hacer, pues era consejero y sin alguien para aconsejar no tenía más trabajo en el resto de la tarde y de la noche. De esta manera, salió del castillo y de la muralla, bajó el camino y fue a la taberna. Entró para encontrarse con Alba, ella se dio cuenta de que sus vestimentas ya no eran las mismas, estas eran más elegantes y denotaban mayor responsabilidad. Antes de poder preguntar, Aarón propuso reunirse en el mismo lugar de siempre.

—No lo sé Aarón, el dueño cada vez desconfía más… —Alba se quedó un instante pensando y respondió al momento—: Bueno, está bien, pero deja que termine con mis cometidos, espérame con Lara en la iglesia, ahora iré.

Alba terminó de servir unas cuantas jarras, se quitó el mandil para salir, pero el dueño, que siempre estaba atento, la vio y fue tras ella.

—¿A dónde crees que vas?

—Voy a ver a mis amigos.

—Estás haciéndote al hábito de salir mucho y desentenderte de tus obligaciones. ¿Acaso quieres dormir en la calle?

—No, señor, pero hace tiempo que no los veo.

—Haz lo que quieras y enfréntate a las consecuencias tú sola.

Unos cuantos clientes le distrajeron y Alba aprovechó la ocasión para salir. En la puerta de la iglesia, ya estaban sus dos amigos. Partieron a toda prisa antes de que el dueño se diera cuenta de la ausencia de Alba. Llegaron a la fortaleza, y como era costumbre avisaron a Ignacio y a Marcos a través de una ventana, silbando un soniquete que ya era la banda sonora de la pandilla. Se encontraron en el establo y hablaron de los nuevos avances. Aarón comentó que ahora era consejero, sus vestimentas eran: una túnica ocre, un cinturón negro y un manto de color burdeos que llegaba hasta el pecho, y se sujetaba con un broche.

En total contaban con 23 doblones, pero Alba sacó un doblón que había ganado por propinas. Fueron a enterrarlo junto a los otros, pero por más que escarbaban, los 23 doblones que dejaron envueltos en una tela ya no estaban. La tierra no se los había podido tragar, y solo ellos conocían la ubicación exacta. Antes de empezar a acusarse mutuamente, apareció el dueño de la taberna.

—Vaya, vaya… Los amiguitos. ¿Buscabais esto? —dijo mientras mostraba los doblones desaparecidos.

Alba quería saber qué hacía allí. Él, con un tono de voz malévolo, siguió hablando.

—Crees que nací ayer, no soy tan estúpido para saber dónde te reúnes, te he estado siguiendo y he descubierto vuestro pequeño secreto. El paradero de estas monedas.

—No tienes derecho, eso es nuestro —se encaró Alba.

—¡Calla! No te he vendido en calidad de esclava, pero podría haberlo hecho, por alguien como tú, me darían unos buenos dineros. Eres una niñata ingrata. ¡Vuelve a la taberna ahora!

El tabernero se fue detrás de Alba y Lara salió en defensa suya.

—¡Déjala, no puedes tratarla así!

—¡Que no puedo! —gritó el hombre a la vez que ponía la mano en su puñal. Lara se cayó al instante por miedo a una respuesta violenta de parte del tabernero.

Ambos se retiraron y los demás se quedaron afligidos.

CAPÍTULO 16
Discordia

Pasaron cuatro meses desde que viajaron a la Edad Media, aunque ellos sentían que había pasado más tiempo. Aún era primavera y el trigo se recolectaba en esas fechas, pero en esa temporada de cosecha, hubo problemas de emergencia, la tierra no daba fruto en Rioviejo.

—Hay que paralizar la cosecha de verano, el tiempo advierte que viene sequía, se perderían los productos —advirtió Aarón.

—¿Y cómo propones que comamos? —preguntó Pelayo a su consejero.

—De momento podremos abastecernos con las provisiones almacenadas, luego, usando vuestra galera, podríais importar productos de otro lugar, comprándolos en el extranjero y transportándose con la nave. La moneda de Vilaboreña vale menos que el doblón; por lo tanto, los productos son más baratos. Propongo que habléis con un cambista, él os informará mejor.

—Mi galera está a varias leguas, en el puerto de otro feudo. ¿Cómo piensas transportarla desde allí?

—Los agricultores se encargarán, al igual que de vender los alimentos. El producto es vuestro, vendiéndolo, recuperaréis el dinero invertido, y si sabéis donde comprar, como por ejemplo en Vilaboreña, ganaréis más, pues la moneda está más infravalorada que nuestro doblón. Con el dinero ganado, podréis pagar a los agricultores por el transporte y la venta. Insisto en que un cambista os asesorará del mejor lugar para comprar y un comerciante os realizará la ruta de comercio.

Aarón sabía bien lo que decía, desde que era consejero, había estudiado diferentes temas como: sistema monetario, procesos de agricultura, leyes del reino, técnicas de guerra... Todo ello, gracias a los libros escritos a mano, procedentes del monasterio, que su señor le regalaba. Aarón, personalmente, buscó al mejor cambista y al comerciante más experimentado. Acudió a sus casas y reclamó sus servicios en nombre del señor feudal, ambos acudieron al palacio guiados por el consejero.

El primero en hablar fue el cambista para saber en qué lugar comprarían los alimentos.

—Vilaboreña sería una buena opción. Aquí, 200 manos de harina cuestan un doblón, en Vilaboreña 3 dimbas, la moneda de allí. Antes, cuando intercambiabas un doblón, te daban 3 dimbas, un trato justo, pero ahora, su majestad el rey Arturo II, ha establecido que un doblón vale el doble de lo que valía antes, por ello, si ahora intercambiáis un doblón os dan 6 dimbas, pero el precio de los productos no ha subido. Siguiendo el ejemplo de la harina: antes, con un doblón, tenías 3 dimbas, y por lo tanto 200 manos de harina. Ahora, con un doblón, tienes 6 dimbas, y por lo tanto 400 manos de harina, el doble. Lo que antes costaba un doblón ahora solo cuesta medio. Todo cuesta la mitad que antes. Imaginaos que en total gastáis 400 doblones en Vilaboreña, al poder comprar el doble, si lo vendéis aquí, obtendréis 800, y por concluyente, 400 doblones de ganancias. Las dimbas están infravaloradas respecto del doblón.

Estaba decidido, los productos serían comprados en Vilaboreña y transportados en la galera de don Pelayo. Con las ganancias, pagaría a los agricultores, ya que al no tener nada que cultivar, no podrían ganar dinero, eso sí, tendrían que trabajar en el transporte de los alimentos desde la nave y el comercio de estos, incluso sobraría dinero para don Pelayo. Tenían que comprarlos ya, porque al igual que la moneda estaba por debajo del doblón, mañana podría estar por encima.

El comerciante creó la ruta más corta para el barco.

Comunicaron a los agricultores la noticia, diciendo que no cultivaran, y que serían pagados a cambio de participar en ese comercio. La mayoría de ellos aceptaron y embarcaron ese mismo día, debían apresurarse para aprovechar el valor de la moneda.

Gracias a esa idea, el pueblo pudo obtener recursos durante los meses siguientes. El problema de las tierras de cultivo no fue el único, en los pueblos cercanos la peste estaba comenzando a emerger.

—Debéis controlar el acceso de la gente a vuestro feudo. La peste está llegando a pueblos vecinos. Hasta que este conflicto se sofoque, propongo cerrar el acceso a comerciantes y habitantes de otros lugares, para evitar el contagio. Además, debemos dejar de traer comida exportada de los feudos próximos, y abastecernos únicamente con la comida que ya tenemos almacenada —aconsejó Aarón.

Esa práctica también pareció ser efectiva, porque hasta el momento, no se había propagado la enfermedad en Rioviejo. Aun así, el señor de aquellas tierras sentía preocupación por otros factores que podrían generar conflictos mucho mayores. La tensión entre los reinos vecinos crecía como la espuma. Don Pelayo temía por el inicio de una guerra, es más, casi creía con certeza la posibilidad de que surgiera.

—Buenos días, ¿está Lara? —preguntó Aarón a Fray Francisco.

Aarón visitó la iglesia de San Guillermo. El fraile tardó un rato en salir al encuentro del muchacho, después de unos minutos, salió de unas escaleras que daban a un piso subterráneo. El sacerdote tenía polvo en sus ropajes, y se lo fue quitando con pequeñas palmaditas hasta llegar a la puerta.

—Me temo que no, ha ingresado como aprendiz. Búscala en la calle de la Piedra.

El adolescente buscó la casa indicada por el religioso, con el objetivo de encontrar a su amiga. Siguiendo las indicaciones brindadas por el fraile, llegó a la casa donde supuestamente Lara se alojaba. La dirección era la correcta, ya que ella recibió a su amigo. Ahora, Lara servía a un doctor, era su aprendiz. En ese momento, el prestigioso médico estaba explicando a la niña los criterios de la medicina. Aprendería a preparar ungüentos y remedios. Hasta entonces, había aprendido que las enfermedades y la medicina se basaban en los cuatro humores y el equilibrio de estos. Lara conocía detalladamente los principales criterios de la medicina moderna, ya que los había estudiado en biología, así como la anatomía humana, las patologías y sus curas, pero no podía exponer estos conocimientos, en ese momento no se habían descubierto. Cabe aclarar que muchos remedios naturales realmente funcionaban. Lara afirmó que aún no dejaba de visitar al fraile ni de acudir a la iglesia a hacer algunas cosas. Antes de llegar a la casa del médico, Lara vivió una historia que compartió con Aarón.

— La iglesia es más grande de lo que crees. Hace poco descubrí una serie de pasadizos, situados en una sala del subsuelo, debajo del altar y ocultos tras una pared falsa. El fraile no sabía de la existencia de ese submundo escondido bajo su propia iglesia, pero cuando una piedra quebró, nos dimos cuenta de que una de las paredes de la sala subterránea solo estaba tapizando la entrada a un lugar lleno de pasillos. Ahora están quitando la pared, cuando lo hagan, ayudaré a Fray Francisco a descubrir los secretos de ese lugar.

Ese sería el motivo que explicaría la tardanza y el polvo de piedra sobre las túnicas del fraile, cuando Aarón lo visitó.

Lara parecía estar bien, al contrario que Alba.

Desde que el dueño los descubrió durante la última reunión, Alba no había recibido sueldo. Si seguía trabajando en esa taberna, era por la necesidad de comida y cama. La convivencia con el tabernero de cicatrices en el rostro era insufrible. Alba tenía decidido dejar el trabajo y buscar cobijo en otro sitio. Cuando fue a presentar su dimisión, notó que el dueño estaba reunido. Alba no podía escuchar la conversación, pero necesitaba averiguar qué estaba fabulando después de tener sospechas de una compraventa de esclavos.

—El negocio va bien, esta semana se han capturado a tres esclavos nuevos; en cambio, el comercio de vino está algo resentido. Deberías dejar de comprarlo y almacenarlo. Tal vez empezar a crear el tuyo propio. —Alba pudo oír una voz desconocida.

—Para eso necesito tierras —aclaró el tabernero a esa extraña voz de procedencia anónima, bajo la percepción de Alba.

—La bodega ya la tienes. Siempre has envidiado un título nobiliario, podemos llegar a un trato: yo te ofrecería la mano de mi hija. Tú obtendrías tu ansiada llegada a la nobleza y las tierras de mi baronía. A cambio, yo obtendría una más que generosa cantidad de dinero. El negocio te va bien y mis tierras siempre albergaron viñedos, solo necesitan unas cuantas monedas.

Cerraron el trato y fijaron una fecha para la boda. El dueño le ofreció 150 bastos. El incógnito sujeto aceptó el dinero como dote, por el casamiento de su hija.

Alba había comprendido el motivo de sus negocios fraudulentos, así que ahora no solo dimitirá, sino que también le denunciaría por la compraventa sospechosa de esclavos. Le explicó su decisión y expresó su indignación, pero el tabernero no dejaría que arruinara sus planes.

—No harás nada de eso, ahora que voy a ser poderoso. Serás mi ahijada, pues padres no tienes. Si no, ¿dónde han estado estos meses?

Alba no pudo negarse. El despreciable ser se volvió violento y ella no tuvo más remedio que asumir su destino. Una vez más, Alba pudo recapacitar sobre las costumbres casi primitivas de la época.

Aarón volvió a sus tareas dentro del castillo. Estaba solo pues el conde se hallaba en la casa de otro noble de sus tierras. El consejero, sin tener trabajo pendiente, se puso a leer para formarse en distintos ámbitos, y así poder dar consejos más certeros. Se dispuso a colocarse frente a un ventanal para aprovechar la luz solar. Cuando llegó, la hermana menor de don Pelayo estaba sentada al lado de la ventana a la que Aarón se dirigía. Ella simplemente observaba el pueblo. En cuanto se percató de que alguien entraba se giró. Habían coincidido en más de una ocasión por los pasillos del palacio, pero esta vez tuvieron la oportunidad de entablar una conversación.

—El día del desfile se os veía más desorientado que ahora —bromeó la doncella.

Ambos rieron y Aarón contestó irónicamente siguiendo con el juego.

—No mentiría si os digo que aún no me ha quedado claro el motivo de este. A lo mejor tenéis que volver a explicármelo.

Ella se levantó de su asiento y tras una pausa habló profundamente.

—No sois como los demás.

—¿Como los demás qué?

— Como los demás chicos. Vos sois honrado y se os ve buena persona. Todos se acercan a mí por la dote o por la ascensión a la nobleza. Siempre hay intereses que mueven a las personas, pero vos no sois así.

Aarón sonrió y agregó.

—Aún no me habéis dicho vuestro nombre.

—Prefiero mantener el misterio. —La misteriosa chica devolvió la sonrisa y salió de la habitación.

Marcos siguió con su formación militar junto a Ignacio. De momento estaban bien, pero no sabían lo que les esperaba.

Alonso seguía desaparecido, era raro que hubiera abandonado el lugar sin antes avisar a sus amigos.

Marcos ya se defendía con la espada, estaba comenzando a aprender a usar el arco y la hípica la controlaba. Un día él se enfrentó a la adversidad, pero antes hubo otros motivos que le llevaron a luchar para salvar su vida.

Don Pelayo estaba preocupado, uno de los reinos vecinos había declarado la guerra al rey Arturo II, parecía que solo estaban combatiendo en las marcas, pero el conde de Rioviejo recibió una importante comitiva, entregada por un mensajero real. El rey lo reclamaba para hacer frente a los invasores, cada vez se acercaban más a sus tierras. El noble tuvo que recurrir a su consejero, al recibir otro mensaje de un feudo cercano, que advertía que ya avistaba barcos enemigos en la lejanía del mar. Entrarían por agua; desafortunadamente, las galeras alojadas en ese puerto no podrían hacer frente a los soldados del bando opuesto.

—No somos fuertes en la mar ni contamos con tantos arqueros como ellos, pero conocemos el terreno y contamos con buenos equipos de caballería. Necesitamos usar un señuelo. Con las pocas galeras que tengamos, atraeremos a los barcos hacia una zona pedregosa, quedarán atrancados y no tendrán más remedio que salir. Si se atascan cerca de la bahía de Santa María, al desembarcar, estarán en medio de un bosque arbolado. Aprovecharemos su desorientación y poca visibilidad para lanzar flechas. Tras debilitar el ejército, atacaremos con la caballería. No sabrán por dónde llegarán los caballeros, pues los robustos árboles impiden contemplar la amplitud del área.

—La zona del acantilado es muy lejana a estas costas.

—Lo sé, pero es un lugar estratégico. Solo quieren acabar con nosotros, así que estoy seguro de que seguirán a nuestros señuelos hasta allí, en un acto desesperado por derrotarnos y entrar a nuestras tierras. Bien tengo entendido que el rey ha empezado a presionarlos con sus barcos, de ahí que estén llegando a nuestras costas, creen que pueden vencernos e instalar aquí su refugio.

—Es una buena idea, pero por mucho que les debilitamos, la caballería ha de ser fuerte.

—Yo creo que debéis pagar a la orden de Rioviejo para que siga protegiendo vuestras tierras, mi señor.

Sé que es un gasto considerable, pero también sé con certeza que ganaremos esta batalla. Además, en el momento en el que desalojen sus barcos, los corsarios podrían hundirlos, para ello le debéis enviar un mensaje al rey con la hora y el día. Si todo va bien, mañana nuestros barcos redirigirán a los suyos y será cuestión de unas horas llegar hasta las costas del acantilado. Con estos datos, los corsarios acudirán cuando descuiden sus naves, al adentrarse en el bosque.

Ejecutaron el plan, don Pelayo envió un mensaje a su majestad el rey Arturo II exponiendo su plan y los datos para que lleguen hasta el enemigo. El conde cerró un acuerdo con el alcaide de la orden de Rioviejo y sus caballeros y escuderos partieron a pie hasta el acantilado, junto con algunos caballeros, soldados y arqueros de su señor. Don Pelayo también fue con ellos como dirigente de los militares. Pelayo decidió que Aarón no iría, pues aún era joven, no tenía experiencia ni formación militar y debía atender sus tierras.

Pasó un día y los barcos enemigos cada vez se acercaban más. Las galeras del reino actuaron como señuelo y las demás naves mordieron el anzuelo, siguiéndolas. En aquel momento, Aarón perdió la vista de esa guerra. Solo le quedaba confiar en que todo saldría según lo planificado. Pasó un día más. "Ya deberían haber comenzado la batalla o estar a punto de ello". Esta frase se reproducía constantemente en la cabeza de Aarón, como si fuera una radio escacharrada. Esa misma mañana, el médico reportó un caso de peste, Aarón fue uno de los primeros en enterarse. Al principio pensó que sus medidas para evitarla habían fracasado. Finalmente, esos pensamientos se desvanecieron cuando intentó averiguar otra causa más factible. La trajeron los soldados de otras tierras, al momento de agruparse con don Pelayo para adentrarse en la guerra. Podría ser el principio de una epidemia en el feudo. No solo se enfrentaban a ese problema, sino que también los ejércitos se estaban jugando la vida, entre ellos Marcos. Aarón se dio cuenta, al instante de haber reflexionado sobre esto, de que Marcos también estaría en la guerra, al ser escudero. Eso provocó que un objeto de su mano temblorosa cayera y que solo pudiera decir entre balbuceos:

—He mandado a mi amigo al campo de batalla…

CAPÍTULO 17
El nuevo vizconde

Los caballeros llevaban en guardia durante horas, los arqueros estaban preparados, pero todos esperaban el momento de atacar. Un escudero llegó corriendo entre el terreno boscoso y pronunció:

—Ya han desembarcado, en poco tiempo entrarán en el terreno. Están confundidos y desorientados.

Esperaron la llegada del segundo escudero con el aviso de que podían ejecutar el plan. Llegó al rato y los arqueros prendieron las flechas con fuego. Una lluvia de estas cayó sobre los adversarios. Se debilitaron mucho, se desorientaron aún más al no saber de dónde provenían las flechas y un sentimiento de terror emergió en ellos, tras comprobar que les vigilaban. En la primera lluvia de flechas, cayeron soldados, escuderos y algunos caballos. Se prepararon para una segunda que se ejecutó con éxito, obteniendo el resultado esperado. Los oponentes se abalanzaron para terminar con los soldados que las habían lanzado. A continuación, el ejército de don Pelayo fue a su encuentro, después de notar cómo retumbaba la tierra y después de ver a los pájaros huir de los árboles, por el estruendo que provocaba la embestidura de los enemigos. Entre los militares, estaba Marcos, sintiendo pánico. Nunca había combatido en una batalla; por lo menos, le reconfortaba saber que estaba junto a Ignacio.

Aarón despertó al siguiente día, había nuevos casos de peste y era esencial que el señor volviera. La incertidumbre de la batalla le carcomía por dentro. El padre de don Pelayo asumió el poder en su ausencia y prescindió de los consejos de Aarón. Eso no benefició al condado, porque con el transcurso de las horas todo fue a peor. Llegó el señor de Rioviejo victorioso, habían vencido con la retirada y rendición de los adversarios. La victoria de Santa María marcaría la historia del reino.

Aarón preguntó por el paradero de su amigo, Pelayo aseguró que los integrantes de la orden habían ido al reino en discordia para conquistar algunos pueblos, ahora que el oponente se había debilitado y retirado; todo gracias al plan de Aarón, aunque este no estaba tan eufórico como su señor. El joven consejero estaba preocupado por la peste y por sus amigos, pero el dato de la epidemia no le afectó tanto como el paradero incierto de Marcos e Ignacio. Aarón fue recompensado con 30 doblones por el éxito de su estrategia militar e invitado al palacio real junto con su señor, a la celebración de la victoria del reino.

Aarón tenía miedo. La higiene deficiente, los pocos recursos médicos y el brote de peste del momento mantenían al adolescente con ese sentimiento. Él creía que debían irse antes de que la epidemia les hiciera enfermar. Ni los más altos cargos de la nobleza se libraban de las acechantes garras de la peste.

El consejero salió por la tarde con su señor. Antes de asistir al banquete del rey, quiso hablar con sus amigas para compartirles su inquietud y las razones por las que tenían que salir de la Edad Media. Visitó a Alba y le confió los 30 doblones. Aarón pidió que a la mañana siguiente ella y Lara visitaran al adivino para que encontrara una solución, pagando con ese dinero y con el resto que habían ahorrado después del robo del dueño. Él no podría asistir por la visita al palacio real. Alba aceptó sin dudarlo, también veía lógico escapar antes de perecer por peste y antes de que a sus amigos les arrebataran la vida en la guerra. Al amanecer iría junto a Lara, pues Alonso estaba desaparecido, Marcos e Ignacio batallaban y Aarón tenía que atender sus asuntos de trabajo.

—Mañana iremos Lara y yo, te contaré todo lo que nos diga. Aún me cuesta creer que ahora Marcos e Ignacio se estén jugando la vida.

—No podemos hacer nada, Alba, el único remedio es regresar a la actualidad, la peste está llegando y como enfermemos, tendremos muchas posibilidades de no salir de ella.

—Tienes razón, tenemos que irnos antes de que esto se convierta en una epidemia. Incluso el dueño está enfermo, estoy sola en la taberna. —Alba también explicó a su amigo el plan que el dueño se traía entre manos para ascender a la nobleza. Mas ahora, se debatía entre la vida y la muerte.

Después de la visita y el acuerdo que hicieron, Aarón fue a avisar a Lara de que mañana consultarían al pitoniso su problema, junto a Alba, además de informarle de las nuevas noticias. Ella pudo apreciar la letalidad y severidad de la peste, al trabajar en la casa de un médico.

—Se avecinan malas épocas Aarón, necesitamos salir de la Edad Media, ten por seguro que mañana Alba y yo acudiremos al adivino, tú asegúrate de cumplir con tus obligaciones y no te sientas comprometido por llegar mañana pronto con tal de acompañarnos.

El muchacho, después de aclarar este asunto, caminó en dirección al palacio. Andando por las calles, vio como dos médicos con máscaras picudas, trajes negros, sombrero y guantes del mismo color transportaban cuerpos sin vida envueltos en una tela blanca sobre una carretilla, iban a quemarlos para que no pudieran seguir trasmitiendo la enfermedad. Cada vez que recogían una persona muerta por pestilencia, la ponían en la carretilla, generando un montón de cuerpos sin vida envueltos en trapos. Dibujaban una "x" en la puerta de sus casas, esto se conocía como "tachado de casas" e indicaba que, en ese lugar, había proliferado la peste. Delante de la carreta, había otra persona con el mismo traje, difundiendo el vapor del incienso. Se creía que esos aromas prevenían la enfermedad, por eso en los picos de sus máscaras ponían algunas hierbas y especias como tomillo, romero, clavo... Uno de los que sujetaba la carretilla también tocaba una campana, para avisar de que una procesión funeraria pasaba por allí y de que la gente se alejara con tal de no contraer la enfermedad que portaban los fallecidos. Parecía una imagen apocalíptica. Pero el joven no tuvo más remedio que continuar su camino de vuelta a palacio. Allí su señor ya le esperaba para asistir al banquete, iban en caballo. El trayecto fue algo largo y en todo este, Aarón no podía evitar pensar en esa situación de decadencia por la que estaba pasando el pueblo; en cambio, a don Pelayo no parecía importarle, no por empatía, porque él era bueno y bondadoso, era porque la felicidad de la victoria aún abundaba en él.

Llegaron al palacio real, fueron bienvenidos y guiados al salón donde se celebraría la ceremonia. Pelayo y Aarón hablaban, el niño intentó convencer a su señor de tomar medidas drásticas en el condado, ya que la peste se estaba convirtiendo en un problema grave, pero como no quería amargarle la celebración, decidió cambiar de tema y hablar de ese en otro momento. El rey les sorprendió.

—Su majestad —decía Aarón mientras agachaba la cabeza.

—Tu señor me ha contado que le aconsejasteis el plan que nos ha llevado a la victoria, también me ha dicho que sois un buen consejero. Por ello hemos pensado que por tu ayuda en una guerra que parecía imposible y por tu criterio siempre acertado, don Pelayo os cederá una de las zonas de su condado, convirtiéndola en un vizcondado donde vos seréis el vizconde. Aquí está el título nobiliario firmado por mí —manifestó el rey Arturo II.

Aarón pudo sentir la euforia que sentía su señor, a causa de que iba a ser noble, vizconde más concretamente.

Cuando el rey fue a recibir a más invitados, Pelayo explicó lo siguiente:

—Tienes un criterio magnífico, eres el mejor consejero que alguien podría tener. Gracias a ese ingenio y astucia que tienes, sé que podrás sacar adelante la zona más afectada de mi condado, Punta Herrero. Ahora serás el señor de esas tierras y gobernarás en mi nombre. Sé que solo tú puedes hacer que Punta Herrero resurja de la miseria en la que está sumida, mejorando su situación. Mañana se celebrará un acto formal, pero con este título, oficialmente eres noble. Aarón Salcedo, vizconde y señor de Punta Herrero.

Parecía que la vida le sonreía al niño. Tenía la capacidad para dirigir un feudo, aunque solo fuera un adolescente. Cuando se fue a dormir, volvió a filosofar, como aquel día, donde solo era un mozo de los recados. Esa misma noche, Alba también meditó, acostada sobre su cama, donde sobraba un hueco, pues su señor estaba en la casa de sus familiares luchando contra la peste. Ese señor había menospreciado a Alba, pero ella sabía que nadie, por malo que sea, se merece un final agónico. También pensó en todas las personas que sufrían por alguna enfermedad. A raíz de esa reflexión, desarrolló otra: "Todas esas personas que tienen una enfermedad viven la vida y son alegres a pesar de la situación por la que están pasando". Era el mejor ejemplo de esa frase que siempre había oído: "Carpe Diem". Aprovecha el momento. Porque cuando sabes que es corto, sabes que tienes que disfrutarlo...

Lara también discurrió esa misma noche. Al vivir con un médico, pudo darse cuenta de que existe gente dispuesta a entregar su vida para salvar a los demás. Su maestro era un claro ejemplo de aquellas personas que se mueven por vocación.

Aquella noche, algo pasó entre todos los amigos, tal vez habían anexado sus pensamientos, porque Marcos, aunque estaba en la guerra, antes de dormir dedicó un rato a la reflexión. Veía como el poder y la codicia de los poderosos ocasionaban conflictos bélicos, que a su vez provocan la muerte de cientos de inocentes. Allí conoció a mucha gente, la gran mayoría tenían familias, no querían abandonar sus hogares, pero fueron reclutados para luchar, algunos de ellos habían fallecido en aquel conflicto innecesario. Marcos pensaba que la guerra era un acto inútil.

Los cuatro amigos durmieron con cierta tranquilidad. Gracias a su desafortunado viaje a la Edad Media, comprendieron algunos aspectos de la vida que requerían madurez. Habían madurado un poco más, al enfrentarse a los problemas, pues en la actualidad nunca se habían visto envueltos en ellos.

El sol salió, resplandecía más que nunca, era un buen día. Los niños se levantaron con una fuerza extraordinaria, estaban preparados para enfrentarse a las adversidades con buen humor, al igual que hacían los enfermos, médicos, militares… Alba y Lara visitarían al adivino, Aarón dedicaría tiempo a su nuevo feudo para mejorarlo y Marcos lucharía con valentía; así lo hicieron. Antes de que Aarón llegara a Rioviejo para celebrar su concesión del título nobiliario, Alba y Lara se apresuraron a ir a la casa del augur. Alba preguntó a un cliente que había optado por sus servicios, que a la vez frecuentaba la taberna, dónde podrían encontrar al adivino. La casa estaba en Punta Herrero, era bastante grande, tenía dos plantas, en la superior había dos ventanales. Llamaron a la puerta y desde una de las ventanas, el pitoniso de barba canosa y larga, túnica fuera de lo convencional y expresión seria, se asomó. Tras comprobar que no era ningún maleante, bajó a abrir la puerta. Con una llave abrió la entrada desde dentro. Las invitó a entrar y las condujo hasta un salón con algunos asientos, pócimas sobre las estanterías, libros dispersos y algunos otros complementos de una persona de su oficio en aquella época. La Inquisición los tachaba de brujos, por eso se asomó desde la ventana antes de abrir.

Antes de empezar con la consulta, tuvieron que entregar los 5 bastos.

—¿Qué os trae por aquí?

—Veréis, es un tema algo complicado —respondió Alba.

—Tengo muchos años, he visto y oído temas muy diversos.

—Bueno, ciertamente somos cinco amigos, pero solo hemos venido nosotras. Hace unos meses llegamos aquí por error, no a Rioviejo, sino a este año. Venimos del futuro y queremos regresar a él.

Después de unas cuantas carcajadas, el adivino dijo:

—Sí, seguro. Si esto es una broma he de decir que ya tengo vuestro dinero.

—No, es cierto —insistió Alba.

—¿Podéis demostrarlo?

—Sí —afirmó Lara.

Tenían en cuenta la posibilidad de que no las creyera, así que trajeron consigo su ropa de la actualidad y sus móviles, los cuales mostraron al anciano. El señor se quedó asombrado y algo temeroso por ver aquel artefacto, aquellas vestimentas y los zapatos.

—Nunca había visto esto. Solo significa una cosa. ¡Sois brujas! Si no, cómo ibais a tener tal cachivache.

Las amigas se extrañaron, pero se asustaron cuando el anciano llamó a dos esclavos de su casa. Les ordenó que las llevaran ante las autoridades. Alba y Lara querían irse, pero el señor las retuvo con la ayuda de los otros esclavos y solo pudieron vocear pidiendo ayuda. Llegaron dos soldados alertados por los gritos. Uno de ellos preguntó:

—¿Qué ocurre?

—Estas dos muchachas son brujas, mirad lo que tenían —dijo el pitoniso mostrando el móvil y la ropa.

Con la misma sorpresa que sintió el adivino, los guardias arrestaron a las dos amigas.

—Quedáis arrestadas en el nombre de don Pelayo, señor de Rioviejo.

Fueron conducidas y encadenadas en las mazmorras, estaban indignadas y enfadadas.

—¿Cómo podéis hacernos esto? —preguntaban a los guardias, aunque no respondieran.

Por otro lado, la gente empezó a juntarse en la iglesia de Punta Herrero. Esperaban presenciar la ceremonia de nombramiento de su nuevo señor. Legalmente ya era el vizconde de Punta Herrero, pero aún no estaba reconocido por la Iglesia, de ahí el motivo de la ceremonia. El obispo presidió el acontecimiento. Al momento de reconocer al señor de aquellas tierras, Aarón entró en la iglesia vestido de otra forma. Llevaba una capa y ropas de terciopelo. Por un instante visualizó y recordó el momento en el que se acercó a la puerta del palacio de don Pelayo para pedir trabajo, vestido con harapos viejos. Todo había cambiado. ¿Realmente estaba ahí por su empeño, trabajo y dedicación?

Fue reconocido y bendecido por el obispo, todos se inclinaron como reverencia. Antes, cuando solo era un sirviente, nadie le hacía reverencias, sino al contrario, le despreciaban. También tuvo su propio desfile, como el del conde Pelayo. Todos vitoreaban su nombre, era una persona respetable y el protagonista del acontecimiento. La última vez que asistió a un desfile, nadie se centraba en él, le ignoraban. Antes Aarón lo veía todo entre el bullicio, ahora veía desde la altura de su caballo como los mismos que le ignoraban se inclinaban ante su presencia. Esto derivó en otra reflexión interior que Aarón generó: la hipocresía envenena la sociedad.

Entre la multitud había un niño desorientado, le recordaba a él, cuando aún era un sirviente. La gente le ignoraba, así que sin ser hipócrita como algunos otros y tomando el ejemplo de don Pelayo, le formuló la misma propuesta que un día hizo que él llegara hasta allí. Así que cuando pasó por delante del niño tiró de manera desprevenida una faltriquera con monedas. El niño demostró su honradez del mismo modo que Aarón la demostró hace unos meses. Él devolvió el dinero y Aarón se bajó de su caballo, acto seguido dijo:

—Una persona de vuestra condición no hubiera hecho lo mismo. Sois honrado, si no tenéis trabajo os espero mañana en la puerta de mi palacio.

Don Pelayo, que también estaba en el desfile, sonrió. Aarón había dicho lo mismo que él le dijo cuando lo conoció, con tal de ayudar a ese niño.

Don Pelayo acompañó a Aarón a su nuevo palacio, en la plaza de Punta Herrero. Le informó de que contaba con doce soldados, dos cocineros, tres sirvientes, tres asistentes y cinco esclavos.

Aarón no sabía cómo expresar su agradecimiento y felicidad.

—No sabéis lo dichoso que soy, todo gracias a vos, gobernaré en vuestro nombre Punta Herrero, lo haré lo mejor que pueda, para que vuestro condado pueda ser un lugar mejor. No os decepcionaré. Gracias por esta oportunidad.

Antes de irse, el conde dijo:

—Hiciste bien con aquel niño.

—Solo hice lo que vos hicisteis conmigo, tomé vuestro ejemplo.

—Me alegro —volvió a sonreír.

Pelayo anduvo hacia su caballo. Justo antes de subirse a lomos del animal, el nuevo vizconde preguntó:

—¿También me tirasteis la bolsa, verdad?

Resulta que Aarón tiró la bolsa para ayudar al niño y comprobar su honradez. Cuando conoció a don Pelayo, no fue por casualidad, este también dejó caer la faltriquera, viendo que todos lo ignoraban. Aarón nunca supo eso hasta ese momento, por ello el conde se alegró de que, sin conocer esta estrategia, hubiera demostrado de nuevo su honradez, al ayudar al niño y tomando su ejemplo.

El nuevo palacio era amplio, tenía un patio interior, a la derecha había unas cuadras, por la izquierda se accedía a la zona del servicio. En el centro, una gran escalinata de piedra daba a entender la altura de la casa. Había algunos arcos de piedra, distintas habitaciones, un despacho, un salón principal... Era muy amplio para él solo, por ello pensó que podría llevar a sus amigos y que así, no tuvieran que depender de nadie. No necesitaba a ningún consejero, aunque hubiera alguien que le informara de la situación de Punta Herrero, de sus problemas y de los trabajos que debía desempeñar. Ese día ya era tarde, se fue a dormir con una cierta felicidad que le evadía de los problemas a los que se enfrentaría como nuevo señor de Punta Herrero, incluso no se acordó de preguntar a sus amigas cómo les había ido la visita con adivino. Ellas seguían encarceladas. Antes de dormir, los guardias bajaron algo de pan y agua por segunda vez en todo el día, Alba y Lara lo tomaron. Estaban devastadas. Alba preguntó:

—¿Hasta cuándo nos vais a retener aquí?

—¿Tenéis prisa por salir? —preguntó uno de los guardias irónicamente.

—Sí —respondió Alba usando la misma ironía con la que se le fue preguntada.

—¿Por qué no hacéis algunos de vuestros hechizos, brujas? —continuó el carcelero con un tono burlesco.

—¡No somos brujas! —insistió Lara.

— Se os acusa de ello bajo la jurisdicción del nuevo vizconde de Punta Herrero, aunque en estos casos, la Inquisición será quien os juzgue.

—¿Y quién es ese nuevo vizconde del que hablas? —se cuestionó Alba enfadada.

—Aarón Salcedo.

Alba y Lara se quedaron atónitas, solo pudieron decir desconcertadas:

—¿Qué?

CAPÍTULO 18
Ejerciendo poder

La mañana llegó. Aarón se levantó temprano, fue a su despacho y llamó al asistente que se encargaría de informarlo. Le informó de la situación del feudo. Contaban con doce soldados y un carcelero. Punta Herrero era una zona de comercio extranjero, no estaba amurallado lo que provocaba desprotección e inseguridad entre los habitantes, en esa zona había mucha decadencia y delincuencia, muchos de los pobladores malvivían y los ánimos decidían con el transcurso de los días.

La primera medida que Aarón tenía pensado tomar fue: promover la higiene para evitar más casos de peste. Aarón conocía las epidemias modernas y también las medidas que se tomaban para evitar su propagación. Durante la oleada más alta de casos, salir a la calle estaría restringido, excepto para comprar suministros o desempeñar sus labores, eso sí, tendrían que llevar una tela a modo de mascarilla, para evitar la infección mediante gotas de saliva de una persona enferma. Él mismo brindaría la tela y algunos desinfectantes naturales, además de recomendar asearse más frecuentemente. Las calles serían limpiadas para evitar la proliferación de bacterias, ratas y pulgas. Algo importante para disminuir la población de roedores era la limpieza, así que cuatro soldados se ocuparían de baldear el suelo de las calles con agua caliente extraída del río, así como deshacerse de los residuos y evitar el tan conocido "agua va" que solo creaba el ambiente propicio para la propagación de enfermedades. Otros tres soldados tendrían el trabajo de vigilar que todo el mundo cumpliera con el confinamiento, los cinco militares restantes protegerían a su señor, Aarón, y se ocuparían de mantener el orden. Estas medidas de seguridad entrarían en vigor tres días después, cuando informaran a los soldados de sus obligaciones y cuando recaudaran todo el material para ejecutar el plan.

Ese día pasó. Por la mañana, el asiste informó de que aún había algunos presos que debían ser juzgados. Aarón, al tener el poder ejecutivo, legislativo y judicial sobre sus tierras, debía ejercer este último poder, juzgando a los encarcelados. En la sala de audiencias del palacio, se ejecutarían los juicios. Antes de esto, debía visitar a Alba y a Lara. Aarón necesitaba descubrir qué sabían acerca del regreso a la actualidad, además de compartir con ellas las buenas nuevas que tenía. Con todo el ajetreo, se le había olvidado visitarlas en los últimos días, en el tiempo posterior a la visita con el adivino. Primero asistió a la taberna, el dueño salió a su encuentro. Ya estaba recuperado de su enfermedad, los médicos confundieron su sintomatología, que resultó ser de una afección común, con los síntomas del periodo prodrómico de la peste. Al ver a Aarón acompañado de dos soldados, se inclinó y pronunció.

—Mi señor.

—Antes no os arrodillabais ante mí, me despreciabais y en una ocasión llegasteis a lanzarnos un mendrugo de pan a mí y a mis amigos como única comida. ¿Os acordáis?

—Eso es pasado y allí se queda, mi señor.

Aarón comprobó la hipocresía del malvado tabernero. La visita del vizconde irrumpió la boda del tabernero. Celebraban su enlace con una baronesa en la misma taberna. Alba tenía razón, en consecuencia del tráfico de esclavos, el tabernero ganó mucho dinero. Gracias a esto, hizo un trato con un noble, quien le cedió la mano de su hija a cambio de una cuantiosa cifra de dinero. De esta forma, ahora también era noble, aunque Aarón seguía siendo su señor, pues vivía en su vizcondado.

—Aunque eso ahora no es menester. Busco a Alba.

—Ahora está bajo mi tutela. Bien sabréis que, según la ley, no podéis reclamar a mi ahijada sin mi consentimiento.

—Solo quiero hablar con ella.

—Conozco mis derechos, no la veréis, mi señor.

El tabernero seguía siendo un tirano.

Aarón aún no podía evitar fijarse en las cicatrices de su rostro ¿De qué serían?

—Os lo estoy pidiendo en calidad de señor vuestro que soy.

—Arrestaron a esas dos brujas. ¿No os lo han dicho vuestros guardias?

Aarón corrió en dirección a las celdas, el carcelero lo recibió. El vizconde explicó a quienes buscaba y el encargado de la cárcel lo redirigió hasta el lugar donde los presos se encontraban retenidos y abrió las puertas del calabozo de las dos amigas. Todos se sorprendieron al verse, en especial Alba y Lara, quienes preguntaron desconcertadas.

—¿Qué es eso de que eres el vizconde de Punta Herrero?

—Sí, pero lo importante ahora sois vosotras. ¿Cómo habéis acabado aquí?

—El adivino, después de conocer que veníamos del futuro y de demostrarlo, no nos creyó, en vez de eso, nos acusó de brujería.

Ambas estaban descuidadas, hambrientas y casi sin fuerzas. Aarón prometió que las sacaría de allí y que las llevaría a palacio. Tuvieron que despedirse pronto, el noble debía asumir sus responsabilidades y dar comienzo al juicio, esperaba verlas en ese acto, dado que las habían arrestado bajo la jurisdicción de su feudo.

En la sala de audiencias, Aarón se sentó en un trono, dos soldados se posicionaron a cada lado y a la izquierda del vizconde, su asesor.

El juicio dio comienzo. Primero debía ser juzgado un hombre de unos 25 años. Se le acusaba de robar comida en el mercado. Aarón comenzó a hablar.

—¿Hay pruebas de dicho delito?

Tres mercaderes aseguraron verle extraer productos del mercado, entre ellos: pan, vino, centeno, cebollas y zanahorias, los cuales fueron encontrados en su casa, durante la revisión por parte de los guardias. La comida encontrada coincidía con la que faltaba.

—¿Qué tiene que decir el acusado en su defensa? —siguió diciendo Aarón.

—Señor, debía hacerlo. Estamos pasando por malos tiempos y tengo dos hijos, debo alimentarlos y hacer lo que sea por conseguir comida, solo soy un simple sirviente.

Aarón quería apiadarse de él, parecía decir la verdad y se veía en un estado físico pésimo. Su asesor sabía que Aarón pensaba en perdonarlo, pero recordó susurrando.

—Aunque parezca humilde, se ha comprobado el delito. Según la ley, debe permanecer en la cárcel hasta abonar la pérdida o ser castigado.

Aarón no podía dejarlo en la cárcel. ¿Así como conseguiría el dinero? Además, era un padre de familia y no podía ser separado de sus hijos. Dolorosamente Aarón dictó su condena.

—El acusado será azotado públicamente, para que los demás ladrones vean las consecuencias de sus actos.

Aarón no era así, pero la ley le obligaba a tomar ciertas decisiones desagradables para él.

El siguiente acusado era un muchacho de aproximadamente 17 años. Se le acusaba de asesinato, no había pruebas y él declaró:

—Señor, os juro que fue un accidente. Me quiso robar, yo en defensa propia le aparté, tropezó y la caída lo mató. Señor, creedme, digo la verdad.

El muchacho se veía asustado; además, era cierto que la víctima no tenía signos de violencia a diferencia del chico, quien estaba golpeado. Asimismo, se comprobó que el difunto había fallecido a causa de un golpe. Estaba claro que aquel chico era inocente, se veía buena persona, incluso quería formarse como médico. El asesor volvió a susurrar.

—Señor, el acusado podrá ser inocente, pero ante los ojos de la ley, es un asesino, y ya sabéis el castigo de los asesinos.

Aarón se veía incapaz de mandar ejecutar a una persona inocente y afable, pero la legislación establecía que debía ser ejecutado.

—No hay indicios de asesinato, así que se demuestra su inocencia —contrargumentó Aarón.

—Señor, no se verá bien que no castiguéis a un criminal.

—Pero es que no lo es.

—Mi señor. ¿Creéis que piensa lo mismo la familia del fallecido? Será inocente, pero la ley es la ley, debe acatarse en todo el reino, aunque a veces no sea acertada.

Aarón lo pensó, no podía desacatar las leyes judiciales del reino.

—Entonces tendrá mi indulto —siguió defendiendo Aarón al muchacho.

—Mirad a la gente, quieren otra cosa. Debéis imponer vuestra postura, si lo indultáis, nadie os tomará en serio, los asesinos seguirán haciendo de las suyas con la excusa de que después les perdonaréis. Incrementarían las fechorías si no dais a conocer vuestra firmeza y poder.

El joven vizconde no quería tomar medidas drásticas, pero se veía obligado a ello. Tras mucho pensar, dictaminó la sentencia.

—Condeno al acusado a la horca por asesinato.

Estas palabras fueron un duro choque para Aarón, sentía el mismo dolor que el joven de 17 años, quien se fue lamentando y suplicando, arrastrado por los dos guardias. Aarón se arrepentía de haber tomado esa decisión.

—A veces las decisiones son difíciles. Es mejor sacrificar una vida inocente, que esperar a que las consecuencias acaben con muchas otras —tranquilizó el asistente al preocupado noble.

Da igual que su asistente le intentara sosegar con su elocuencia al hablar, el vizconde estaba dolido.

Dentro de poco, tendría que salvar la vida de sus amigas, las esperaba en la sala de audiencias, pero después llegó otro preso más. Esta vez era un esclavo, su señor le acusaba de haber comenzado una rebelión entre los otros esclavos de su casa. El acusado no lo desmentía y tenía conocimiento del final que le esperaba.

Según la ley, la desobediencia hacia un amo se ve castigada con la humillación pública o la muerte.

Aarón, que conocía la ley, propuso otra alternativa más adecuada para ese tipo de casos.

—Los esclavos no tienen derechos legales y están completamente subordinados a sus amos. Los amos tienen la autoridad y control legal de sus esclavos. Así pues, el castigo será impuesto por su propio amo.

Ese fue el último juicio, la gente abandonó la sala. Aarón preguntó desconcertado a uno de sus soldados.

—¿Dónde están las dos chicas encarceladas que vimos hace un rato, acusadas de brujería?

El soldado no supo responder y el asistente resabiado, que había puesto la oreja, aclaró:

—Los casos como la brujería no son responsabilidad del señor, sino de la Iglesia. La Inquisición será quien las juzgue, no vos. No viene bien que os asocien con ellas, también os podrían acusar de herejía.

Este asesor tenía entre 40 y 50 años. Era entrometido, descarado, sabio y experimentado.

Una vez el juicio concluyó, Aarón preparó un indulto para el joven acusado por asesinato, pese a las advertencias de su asesor. No dejaría que sacrificaran una vida inocente, y más si en sus manos estaba evitarlo.

—No os preocupéis, no seréis ahorcado, aquí tenéis un indulto.

El chico estaba muy agradecido, incluso se arrodilló y besó la mano de Aarón.

—Levantad, no es necesario.

El joven preguntó cómo podía agradecer que le salvara la vida. Aarón respondió:

—No es necesario agradecer nada, sois inocente.

De un momento a otro, alguien llamó a la puerta. Era el niño del desfile. Ya era tarde, por ello Aarón ya había dado por hecho que no vendría, hasta ver desde lejos como los soldados de la puerta le recibieron de malas maneras. Aarón se acercó y saludó educadamente, quería encargarse de acompañarlo él mismo, al igual que don Pelayo hizo con él cuando era sirviente.

—¿Qué se os da bien hacer? —preguntó el noble.

—Me temo que nada, señor. Durante mi vida, he tenido que subsistir a costa de mi picardía. Mi padre murió hace algunos años. Vengo de una familia humilde. Tenemos algunos viñedos y vendemos vino, desde hace tiempo la tierra ya no da nada, por eso he hecho de todo para ganarme el pan. No seré experimentado, pero puedo encargarme de cualquier trabajo, por duro que sea.

El niño se veía trabajador, su edad sería la misma que la de Aarón, como mucho uno o dos años menos.

—Entonces, ¿sabéis sobre vino? — preguntó Aarón.

El niño, de nombre Duncan, afirmó con la cabeza.

—Tengo algunas viñas. ¿Os parece bien crear mi vino?

El niño asintió feliz, era un cargo que requería mayor responsabilidad que ser sirviente. De ese modo se encargaría de producir el vino señorial de Punta Herrero. Aarón no quería el vino para consumirlo, sino para venderlo y garantizar la fuente económica del palacio.

Aarón salió de su palacio sin tomar en cuenta las advertencias del asesor, yendo al encuentro de sus amigas. Llegó a la cárcel y acto seguido a la celda de Alba y Lara.

—¡Aarón! ¿Qué está pasando? ¿Se han llevado a todos los presos a juicio excepto a nosotras?

Aarón, con los ojos llorosos, se lamentó.

—Lo siento…, no puedo hacer nada. El motivo del que se os acusa está bajo las leyes de la Iglesia. Os juzgará la Inquisición.

Sus destinos solo dependían de la decisión del inquisidor.

El atardecer cayó. Había sido un día de grandes emociones, pero los amigos no se imaginaron que la noche sería aún peor.

Aarón no dejaba de darle vueltas a todo lo sucedido, no podía conciliar el sueño. Ya había pasado la medianoche, el joven continuaba despierto y pensativo. De pronto alguien sacudió la puerta. Los guardias ya dormían, antes de que alguien se despertara, Aarón bajó a abrir el portón. Cuidadosamente se asomó entreabriendo la puerta. Cuando descubrió quién era, abrió la puerta al completo sorprendido.

—¿Ignacio?

CAPÍTULO 19
Libres

—No esperaba verte ¿Que ha pasado?

Ignacio estaba malherido y descuidado.

—Es muy largo de contar, señor —la voz le temblaba.

—Déjate de formalismos, antes que noble soy tu amigo. Pero pasa, debes de estar hambriento.

El escudero, acompañado de su amigo, llegó al despacho de Aarón, quien fue a por comida, agua y a por algunas toallas húmedas para las heridas y la suciedad. Ignacio se limpió sus heridas; cada vez que se pasaba el trapo emitía un gemido de dolor. También bebió y comió. Cuando se recompuso, dijo pausadamente:

—Las cosas no han ido bien desde que nos movilizaron para contraatacar. No sé dónde está Marcos, nos separamos en un trágico combate. Lo busqué, pero tras la separación del ejército, no lo he podido encontrar. Me colé en un barco de provisiones hasta llegar aquí. He sabido de ti, gracias a los barcos que llegaban con reclutas del nuevo vizcondado de Punta Herrero, desembarcaban en nombre de su nuevo señor, tú.

Aarón se extrañó.

—No he mandado a nadie a la guerra.

Era confuso, Ignacio aseguraba que llegaron nuevos soldados por orden de Aarón, pero este bien sabía que no había mandado a ningún recluta a la guerra.

—¿Quién mandó a esos soldados? Pues si tú no fuisteis. ¿Por qué decían que venían en tu nombre?

—No lo sé. —Aarón estaba desconcertado.

—Aunque eso no es lo único raro, cada día era más confuso que el anterior.

—¿A qué te refieres?

—Alguien estaba moviendo ficha, creía que eras tú desempeñando tu papel de nuevo señor feudal. Por ese motivo el ejército se separó. Llegaron los reclusos mencionados, dirigidos por un alférez. Ese mismo día desapareció la sección militar. También han ocurrido más cosas: estábamos en tregua con los enemigos, al parecer la pidieron por respeto a su día sagrado, pero inesperadamente nos atacaron, dándose la batalla más bélica de la guerra, porque al estar en tregua, no estábamos preparados para combatir. Ahí es cuando perdí de vista a Marcos, ya que los soldados se reagruparon. Algunos huyeron, otros combatieron y la mayoría se movilizó a otro lugar para montar una nueva campaña militar. Yo pude escapar. Busqué a Marcos, pero tras no saber nada de él ni de los otros soldados que le acompañaban, escapé en un barco de provisiones hasta aquí. Aún conservo las heridas de la batalla. Todo esto ha sucedido en apenas tres días.

De un momento a otro, un soldado entró sofocado en el despacho y anunció con la respiración agitada que la iglesia del pueblo se estaba incendiando. Aarón e Ignacio salieron rápidamente hacia la plaza, allí, mucha gente se agrupaba e intentaba sofocar el fuego lanzando agua. Fray Francisco estaba muy entristecido. Él sabía que no había dejado ninguna vela encendida, ni ninguna otra cosa que pudiera haber provocado aquel incendio. Todo el mundo afirmaba con seguridad que era obra de los herejes, pero antes de que se formara una revuelta, Aarón quiso transmitir su palabra, una vez que el fuego había desaparecido.

—No podemos sacar conclusiones tan precipitadamente. Sea quien sea, se acabará encontrando al obrador de este acto y recibirá su castigo. Hasta el momento, podemos realzar la iglesia con nuestro esfuerzo, haciéndola más grande y celestial.

Todos los pueblerinos estuvieron conformes con la idea. El vizconde prometió encontrar a los artífices de tal atrocidad, hasta entonces, levantarían de nuevo la iglesia; esa vez, harían que aquel templo resplandeciera, siendo más espacioso e impresionante. Las obras no pudieron dar comienzo, porque al día siguiente, se había establecido que iban a iniciar las nuevas medidas frente a la peste. Ignacio se quedó en palacio, él mismo se ofreció a ser uno de los caballeros de Aarón, este aceptó, así el joven escudero llegó a cumplir su sueño de ser caballero. También, pese a la normativa, Fray Francisco concertó una cita, para hablar con Aarón.

—Venía a hablar sobre el reciente incendio de la iglesia. No me gustaría que se involucrase todo el mundo en su reconstrucción.

—A qué se debe esto, Fray Francisco.

—Es mejor que lo veáis vos mismo.

El fraile condujo a Aarón hasta la iglesia destrozada por el incendio, entraron y bajaron a la planta inferior. Ante Aarón se abría un inmenso túnel subterráneo, era lo que le había comentado Lara. Habían estado investigando esos pasadizos hallados en la iglesia de San Guillermo. Avanzaron por el pasadizo principal, alumbrados por una antorcha mientras el sacerdote explicaba.

—Hay diferentes cámaras y habitaciones repartidas por este laberinto. Estos túneles tienen muchos años de antigüedad. Se cree que la iglesia lo construyó aquí para no levantar sospecha.

—¿Para qué lo construyeron? —se intrigó Aarón.

—Para instalar los archivos de la iglesia. Para guardar objetos, pergaminos y documentos internos de esta institución, por lo cual no deben salir a la luz. De ahí mi preocupación por que alguien que participe en la reconstrucción halle este pasadizo. No sé lo grande que puede ser esto. Eso sí, he encontrado la cámara principal entre estos pasillos.

Anduvieron hasta el final de una sección y entraron en un espacio construido con piedra. Era una especie de capilla, tenía un altar, pero a los lados había muchas estanterías. Subiendo hasta el altar, había una escultura de Jesucristo crucificado, al pie de esta había una inscripción: "Jau op dibêrendu blacter quero lïgnambew ictenfrà". Esta frase le resultaba familiar a Aarón.

—¿Qué idioma es?

—Es un idioma que proviene del este, ahora se usa muy poco y aquellos que lo aprenden lo hacen para que no descubran sus conversaciones. Yo aprendí a hablarlo en mis años de formación teológica, pone: "Dios es omnipotente, marca el pasado, presente y futuro".

—La solución es fácil, tapiad la pared que conduce hasta aquí, al momento de comenzar la reforma —aconsejó el vizconde.

Terminada la visita, a Aarón le rondaban cientos de cosas por la cabeza, el misterio de los pasadizos, el paradero de Alonso y de Marcos, la reconstrucción de la iglesia, sus obligaciones, el juicio de Alba y Lara, la profecía, la esmeralda negra, volver al presente… Quiso aclarar todo esto en su cabeza. Para comenzar, la segunda medida que tomaría sería delegar el poder judicial en un alguacil, que además se encargaría de establecer el orden y recaudar los impuestos. Estaría acompañado de un consejo en una sala de tribunal designada. Entre todos los candidatos, eligió a su asesor, aunque era algo mezquino, conocía las leyes al pie de la letra. Después, caminó hacia el monasterio, esta vez preguntaría por Alonso, en vez de quedarse anonadado por la aparición del monje misterioso. Cuando llegó al monasterio preguntó por Alonso, dijo que era un aprendiz que ingresó hace algunos meses, el monje que lo atendió se extrañó.

—Nunca hemos tenido un aprendiz con ese nombre.

Aarón no sabía qué estaba ocurriendo, ni siquiera sabía qué le ocurría a él. Tenía la cabeza llena de información sin resolver. Todo el cansancio acumulado hizo acto de presencia, se empezó a marear y cayó en la puerta del monasterio, es como si su cabeza se hubiera cortocircuitado de tanta información y estrés.

Aarón estaba inconsciente, los monjes lo atendieron, pero tardó un día y medio en despertar, en ese periodo habían sucedido muchas cosas.

—Acompañadme —dijo el carcelero tomando del brazo a Alba y a Lara.

—¿Ahora qué? — pronunció Alba con las pocas fuerzas que le quedaban.

—Vais a juicio.

Tras una caminata llegaron a una sala donde se celebraría el juicio ante la Inquisición. El inquisidor llegó acompañado de algunas personas relevantes de esa institución. Alba y Lara estaban delante de ellos. En un corto periodo de tiempo, habían salido de su celda y se enfrentarían a un juicio que decidiría su destino.

—¿Sabéis de qué se os acusa? Yo creo que sí. Hay pruebas irrefutables de vuestra herejía.

Era difícil que el juicio fuera a favor de las dos amigas, había pruebas y nadie creía que venían del futuro. Lara quería contar que provenían de otra época, pero Alba sabía que eso solo respaldaría la acusación de brujería. Alba apretó el brazo de Lara para que no lo contara. Se veían en la peor situación de sus vidas. Alba era profundamente religiosa y en ese momento sintió una fuerza para predicar, proveniente de su interior.

—Se nos acusa de algo serio, pero puedo decir que no es cierto. ¿Acaso nosotros podemos juzgar? ¿Acaso vos podéis juzgarme? Pues solo Dios puede hacerlo. Como dice el evangelio según San Mateo, capítulo 7, versículos del 1 al 5: "No juzguéis, para que no seáis juzgados. Porque seréis juzgados como juzguéis vosotros, y la medida que uséis, la usarán con vosotros. ¿Por qué te fijas en la mota que tiene tu hermano en el ojo y no reparas en la viga que llevas en el tuyo? ¿Cómo puedes decirle a tu hermano: 'Déjame que te saque la mota del ojo', teniendo una viga en el tuyo? Hipócrita: sácate primero la viga del ojo; entonces verás claro y podrás sacar la mota del ojo de tu hermano". Dios es nuestro padre, ningún padre desea el mal a sus hijos. Nos ama incondicionalmente y también perdona nuestros pecados.

Las palabras de Alba conmocionaron al inquisidor, sabía que tenía razón.

— Realmente sois muy creyentes. Rechazo las acusaciones de las que se os juzgan.

Quedaron absueltas y libres; no obstante, aún estaban en una situación lamentable, a causa de las secuelas del encarcelamiento. Alba no volvería con el tabernero, en ese momento también barón, así que Lara propuso buscar cobijo en la casa de Fray Francisco. Fueron a la iglesia de San Guillermo, pero se sorprendieron ante la escena, la iglesia estaba destruida por las llamas y ennegrecida por las cenizas, en una calle completamente vacía. Por esa misma plaza pasó un soldado cubierto con una tela en la nariz y boca. Se acercó.

—¿Qué hacéis en la calle sin cubriros?

—¿Cómo? —se extrañó Lara.

—Según la nueva normativa vigente, no se puede salir a la calle. Si necesitas trabajar o comprar sí puedes hacerlo, pero siempre cubriéndote la boca con un paño, para evitar la propagación de la peste. —Las dos pusieron cara de sorpresa—. Acompañadme.

Fueron tras el soldado hasta la cárcel, este preguntó por sus padres; dijeron que no tenían. Pasaron una hora retenidas hasta que las dejaron libres.

—Han venido a buscaros.

Ellas pensaban que era Aarón, pero se equivocaron, era el tabernero y también tutor legal de Alba.

—Parece que mi ahijada ya está libre. Tendrás que conocer a la mujer con la que me he casado.

Alba estaba consternada, tras conseguir la libertad, no se libraba del tabernero.

—¡Qué haces aquí! —exclamó Alba.

—Bueno, era evidente que me avisarían, soy tu tutor legal.

Le agarró del brazo y se fueron. Lara se quedó sola, por lo que fue a la casa de Fray Francisco. Allí fue bien recibida como siempre. Estuvieron hablando durante un rato. Lara preguntó por el incendio. También hablaron de los pasadizos y sobre la futura reconstrucción de la iglesia.

Al día siguiente, Lara fue en busca de Aarón. Le había extrañado que no las hubiera visitado después de ser liberadas. Llegó a su palacio, pero la informaron de que desde ayer no había llegado a su residencia, Ignacio también salió de sus aposentos, se alegró mucho de verla. Se pusieron al día. Ignacio dijo que Marcos estaba perdido en Vilaboreña, tal vez seguía batallando, y que Aarón había desaparecido recientemente. No tuvieron que buscar mucho pues apareció en el palacio desorientado, acompañado por dos monjes. El joven noble se echó en su cama y sus amigos lo acompañaron. Aún estaba bastante mareado, pero también se regocijó de ver a sus amigos. Poco a poco la pandilla se estaba reagrupando.

Solo faltaban Alonso y Marcos; no obstante, Alba debía librarse del tabernero. Comenzaron a compartir información entre ellos. Lara aseguró que Alba estaba con el tabernero y retenida por el mismo. Aarón reveló a sus amigos que, según los monjes, Alonso nunca había estado en aquel monasterio, por ello intentarían hallar al monje que lo admitió como aprendiz, además de librar a Alba de su tutor legal.

Seguían sin tener noticias de Marcos. Aarón, con tal de encontrar a su amigo, hizo llamar a un mercader que zarpaba hacia Vilaboreña y le propuso que lo buscara, a cambio de un precio justo. Uno de sus soldados lo acompañaría en su búsqueda. Lara e Ignacio estuvieron de acuerdo con el plan.

La noche cayó, Aarón ofreció a Lara quedarse en palacio, pero ella rechazó su oferta amablemente, pues hasta el momento convivía con el fraile; así pues, se fue cubierta con un trapo para evitar el contagio por peste.

CAPÍTULO 20
Colapso

Pasaron dos meses. La peste había sido erradicada en el feudo y con ella la normativa. La reconstrucción de la iglesia de San Guillermo se inició.

La tercera medida que Aarón tomó como señor feudal fue aumentar la seguridad. Habilitaría una formación para aquellos interesados en ejercer de soldados. Ignacio enseñaría a los reclutas lo básico en la formación militar.

No había noticias de Marcos, Aarón tuvo que seguir buscando.

La cuarta medida que tomó fue establecida para levantar los ánimos de la población, después de pasar una sequía, guerra y epidemia. Celebrarían unas fiestas en Punta Herrero.

Lara había investigado sobre el monje que les atendió, al parecer, tampoco vivía en ese monasterio.

La construcción de la iglesia estaba en marcha, todos ayudaban. Con suerte, a finales del mes próximo, estaría terminada.

Mientras buscaban a los integrantes del grupo de amigos que continuaban desaparecidos, también veían conveniente presentarse ante el adivino que Ignacio les recomendó. El joven les aseguró que se hablaba de que era un experto en viajes temporales, por consecuencia de lo cual, este sí les creería. Su precio era alto, pero ahora que Aarón era noble, podía permitírselo. Quedaron en que al día siguiente se reunirían con Alba e intentarían acudir a ver al augur.

Esa noche Aarón tenía un banquete con don Pelayo y con su familia. El palacio se preparó, se adornó el salón principal, se alumbró el palacio al completo y los cocineros prepararon una cena exquisita. Ignacio también asistiría a la cena como caballero del vizconde de Punta Herrero. La noche llegó rápido, los invitados estuvieron a las puertas del palacio, a la hora concertada, les recibieron y condujeron hasta el salón.

—¡Aarón! Me alegro de verte —celebró don Pelayo.

—El sentimiento es mutuo.

También estaba su hermana.

—Cómo has cambiado en tan poco tiempo, te recordaba de menor estatura.

Era cierto, Aarón era un adolescente y por ello estaba en constante cambio hasta ser adulto.

Solo venían ellos dos, sumando a Ignacio y Aarón, no iba a ser una velada multitudinaria.

—Os presento a mi caballero, Ignacio —presentó Aarón.

Todos se sentaron en la mesa, repleta de manjares y comenzaron a charlar.

—¿Qué tal va tu feudo?

Aarón contestó con seguridad.

—Bien, la peste ha sido erradicada, la delincuencia se está atenuando, el ejército cada vez es más fuerte y pronto levantaremos los ánimos de la población.

El conde felicitó a Aarón por su mandato, estaba consiguiendo posicionar a Punta Herrero entre los mejores vizcondados.

—¿Cómo has conseguido un ejército tan fuerte? —cuestionó Pelayo.

Ignacio, que era el comandante de la guardia de Punta Herrero, explicó:

—Mi señor pensó que los reclutas debían presentarse voluntariamente y no obligados como en muchos lugares se hace. Es sorprendente la cantidad de gente entregada al ejército. Después reciben una formación esencial para ser buenos soldados; finalmente, si pasan las pruebas, son admitidos. Se les enseña y valora sobre armamentística, hípica, estrategia de combate, capacidad física…

Estuvieron dialogando durante algún tiempo. Cuando Aarón vio el momento indicado, comentó a don Pelayo el incidente de la iglesia y el misterio que escondía. Se veía en la necesidad de compartir este hecho porque aún resonaba en su cabeza la frase inscrita en la cámara mayor del pasadizo secreto de la iglesia de San Guillermo: "jau op dibèrendu blacter quero lïgnambew ictenfrà". Sorprendentemente conocían algún dato sobre esto y la hermana de Pelayo quiso compartir sus conocimientos acerca de ese tema.

—Se hablaba de que en esos pasadizos, la iglesia guarda objetos relevantes, el más conocido es la llamada "Esmeralda negra". Dicen que es mágica y que concede un deseo a su portador.

Aarón se atragantó con un pedazo de comida. Pronto pudo reponerse, pero se quedó desconcertado con este dato. Tiempo atrás, Alonso les contó esa historia, pero según él, la piedra se hallaba en un pasadizo de la fortaleza, y no en aquel recóndito laberinto. No obstante, la época de la leyenda no coincidía con la de la Edad Media. La joven pudo apreciar la mueca de sorpresa que Aarón emitió y acto seguido preguntó si sabía algo sobre esa piedra mágica.

—He oído esa historia, pero no sabía que la esmeralda se encontraba guardada en el pasadizo de la iglesia.

Aarón pensó que sería bueno compartir este hallazgo en la reunión del día siguiente, antes de acudir a la consulta del pitoniso recomendado por Ignacio.

La cena no había llegado a su fin, cuando Aarón empezó a sentir el cúmulo de cabos sueltos, experimentado en la puerta del monasterio. Tenía miedo de perder la consciencia, así que solo esperaba que la cena terminara pronto para que se pudiera ir a descansar. Para añadir información a su mente ya algo perturbada, don Pelayo soltó la bomba que terminaría de rematar al joven.

—Llegados a este punto, me gustaría anunciar que ofrezco la mano de mi hermana a mi buen amigo Aarón.

El vizconde no pudo soportar más tiempo fingiendo que tenía una vida sencilla, y terminó desplomándose en el suelo.

Hasta ahora esta historia tiene muchos cabos sueltos, para que no te pase lo mismo que a Aarón, intentaré aclararte algunos conceptos, de narrador a lector. Los amigos estaban muy preocupados. Llegaron a la Edad Media a través del portal del mal, con el propósito de evitar que la profecía se cumpliera. En la Edad Media, han surgido nuevos problemas, Alonso y Marcos estaban desaparecidos, aún no existe el portal que les condujo hacía allí, Alba estaba en manos de un tirano y la esmeralda negra que les conduciría hacia la llave que cerraría el agujero en el espacio-tiempo existía también en la época a la que habían viajado. En ese momento tenían otro objetivo sumado a evitar la profecía, volver a la actualidad y cumplir la finalidad por la que estaban atrapados en otro año. Cabe recalcar que después de viajar al más allá, volvieron a su mundo, pero en otra época. También algo extraño pasaba con el tabernero, ambicionaba el poder. Hay otros datos que fueron surgiendo en la Edad Media, como las medidas que tomó el vizconde. Todo esto lo soñó Aarón, era una manera de ordenar los conceptos que rondaban su cabeza. Incluso el muchacho inocente que salvó de la ejecución tendría algo que ver con todo esto, porque cuando Aarón despertó, lo encontró junto con Ignacio, Lara y Alba. Ya había amanecido desde que el vizconde se quedó inconsciente por segunda vez. Se suponía que esa mañana visitarían al adivino, pero era extraño que el muchacho de 17 años también estuviera junto a ellos, al parecer tenía noticias al igual que Alba; del mismo modo, Aarón compartiría su reciente hallazgo sobre la esmeralda negra.

—Qué-qué ha pasado —tartamudeó Aarón tras despertar.

Le explicaron que se desmayó en plena cena y que don Pelayo se fue de madrugada, tras la comprobación del médico, quien diagnosticó que había sufrido un desmayo por estrés, pero que se recuperaría.

Aarón se dio cuenta de un ojo amoratado de Alba, cuando ya estaba completamente recompuesto de su pérdida de consciencia.

—¿Por qué tienes ese moratón?

—No te preocupes, no es nada.

—¿Cómo que no es nada? Eso no es un simple accidente, apuesto a que ese depravado te ha puesto la mano encima, juro que si le encuentro… —Lara se enfureció.

Alba desmentía eso, pero estaba claro que no lo revelaba para no buscarse problemas.

—Además, me imagino por qué ha podido ser. Como siempre, el dueño te tiene atada de pies y manos, seguro que cuando le dijiste que saldrías para reunirte con nosotros, te hizo ese moratón. ¿Por qué no te escapas? Aquí siempre encontrarás la puerta abierta —propuso Aarón.

—No lo entendéis, estoy bajo su tutela, lo único que puedo hacer para librarme de él es volver al presente —antes de decir la última frase, Alba bajó el volumen, pues estaba el joven de 17 años y sería algo extraño que los oyera hablar sobre el presente, futuro para él.

Ignacio dijo que tenían noticias de Marcos, por eso estaba el chico llamado Amadeo, él sabía algo. Amadeo era el muchacho acusado de asesinato que fue indultado por Aarón. Este expuso lo que sabía.

—Señor, yo estuve en la guerra y tuve ocasión de conocer a Marcos, no en persona, sino mediante habladurías. Ya sabréis que alguien estaba mandando soldados y que estos desaparecieron el mismo día que llegaron. En la guerra sucedieron cosas insólitas. Alguien estaba fabulando un plan detrás de esta batalla. Marcos sabía quiénes eran y qué tenían pensado hacer, iba a exponerlo públicamente, pero nos asaltaron en un día de tregua y el ejército se separó. Yo llegué antes de que eso pasara. Me atrevería a decir que los malhechores creían que yo era el informante, por eso me asaltaron en la calle. El asaltador tropezó al ir a darme muerte y ya conocéis el resto de la historia.

Estarían atentos para saber quién estaba detrás de todos los extraños sucesos que habían ocurrido durante la guerra en Vilaboreña. Mandaron a un mercenario a Amadeo cuando creían que era el informante, si Marcos realmente era el verdadero, podrían estar detrás de él o incluso capturado, por eso estaba desaparecido. Siendo optimistas, tal vez Marcos podría haber escapado. Sus amigos no desistirían en encontrarle. Esa información proporcionada por Amadeo era bastante relevante para su misión. En ese momento surgió una nueva duda. ¿Quién estaba detrás de la guerra?

Amadeo abandonó la sala y quedaron solo los amigos. Aarón encontró el momento para hablarles sobre la esmeralda negra.

—¿Os acordáis de la leyenda de la esmeralda negra? Ayer confirmaron que en esta época también se conoce y que esta piedra puede estar más cerca de lo que creemos, en las galerías subterráneas de la iglesia de San Guillermo.

—¡Eso sería increíble! Es nuestro pasaporte de vuelta a la actualidad. Podemos usar el deseo para volver —planteó Lara.

—Ya hablamos de esto. Ese deseo puede usarse para cambiar el mundo; además, la leyenda puede no ser cierta. Si resultara serlo, solo usaríamos el deseo para volver en un caso extremo, donde ya no exista otra alternativa —dijo Aarón.

—¿Acaso no conoces el efecto mariposa? Por pequeños cambios que hayamos hecho en el pasado, habremos alterado exponencialmente el futuro, futuro alternativo en el cual a lo mejor nunca llegamos a nacer. El deseo es la única forma de que todo vuelva a ser como antes —confirmó Alba.

—Alonso dijo que la piedra no funciona si la usamos en otro mundo, cuando viajemos a la actualidad, el deseo de la piedra ya no se concederá —expuso Lara.

—Eso no es cierto, pues estamos en el mismo mundo, lo único que es diferente es el tiempo en el que la utilizas —puntualizó Alba.

Concluyeron que intentarían regresar a su época por medio del adivino, si resulta que el futuro fue gravemente afectado por culpa del efecto mariposa, usarían el deseo para remediarlo. Primero buscarían al adivino y después intentarían hallar la esmeralda negra.

Emprendieron su misión, según Ignacio el adivino se llamaba Elías Cohen y solía estar en la calle vecina a la judería, que pertenecía al condado de Rioviejo y no a Punta Herrero. Llegaron a esa calle, no sabían muy bien dónde buscar ni a quién preguntar. Preguntaron a las personas que pasaban: "¿Sabéis dónde encontrar a Elías Cohen?". Todos negaban conocerle. Antes de darse por vencidos, un hombre apareció.

—He oído que buscáis a Elías Cohen. ¿Eso es cierto?

CAPÍTULO 21
Elías Cohen

Los cuatro amigos sonrieron, habían encontrado a la persona que buscaban.

—Estáis de suerte, ese soy yo.

Respondió el hombre de pelo castaño. Acto seguido preguntó qué necesitaban, pero antes les condujo hasta un lugar más discreto, a su casa. Su domicilio era bastante pequeño en comparación con la casa del otro pitoniso. De hecho, no era una casa, sino una cabaña que servía para el almacenaje, ubicada fuera de la muralla. El hombre parecía simpático y atento. En confianza revelaron su problema. Por suerte, este no reaccionó extrañado, según Ignacio, ya había tratado problemas así. Él dijo que era un caso complicado y que necesitaba algunas cosas antes de comenzar con el viaje al futuro. Les alentó diciendo que no se preocuparan, eso sí, necesitaba el pago por adelantado para comprar lo necesario y cubrir la tasa de sus servicios. Aarón entregó los 200 doblones en 20 bastos. El adivino dijo que pasado ese día, en la misma ubicación, le podrían encontrar para proceder con la solución que buscaban. Todo parecía ir bien. Se marcharon y al día siguiente se sorprendieron cuando no encontraron al adivino en la cabaña. Pensaron que aún no había llegado, así que fueron a la calle donde le conocieron. Vocearon su nombre y otro hombre algo mayor se acercó.

—¿Qué ocurre? ¿Me buscáis?

Explicaron el suceso y el hombre afirmó que él era Elías Cohen. Era imposible que hubiera dos.

—¿Os ha pedido el pago por adelantado? —preguntó el señor.

—Sí. ¿Cómo lo sabéis? —respondió Aarón.

—Ya no le vais a ver ni le volveréis a ver. Mucha gente usa mi nombre para estafar y aprovecharse de la gente.

Habían sido estafados por un suplantador de identidad. Ese era el verdadero Elías Cohen.

—Yo no os pediré el pago por adelantado, ni mucho menos, solo si mi trabajo da resultado —dijo el adivino de barba canosa. Los llevó a su casa dentro de la judería. Era bastante amplia, tenía una habitación exclusiva para sus consultas.

Tenían miedo de volver a ser estafados o de volver a ser acusados de brujos, pero Elías transmitía seguridad y confianza.

—Tenemos miedo a que nos acuséis de brujería si os contamos la verdad —los amigos expresaron su preocupación.

—No debéis estar alarmados, en mí podéis confiar. Realmente, a mí también me rechazan, en este caso por mi religión, por eso os aseguro que aquí nadie lo hará con vosotros. Tengo un presentimiento del porqué de esta consulta... —Elías era muy profesional, la primera demostración de esta profesionalidad fue una adivinanza que intuyó sin conocerlos siquiera—. Vosotros no sois de este mundo, no pertenecéis a nosotros.

Eran impresionantes las habilidades adivinatorias de Elías. Gracias a esto, confiaron más en él. Explicaron cómo habían llegado hasta allí desde el siglo XXI. No era la primera ocasión en la que Elías se presentaba ante un problema así, pero no de esa forma. En una ocasión pudo apreciar de cerca la complejidad del tiempo. Era complicado regresarles a su época, así que propuso una opción.

—La única forma de regresar a vuestro año es con una tabla. Es la tabla del tiempo. Cuenta la leyenda que fue un regalo de un mago hacia una persona que más tarde sería canonizado por la

Iglesia católica. Con ella, podía controlar el tiempo y viajar a distintos años, pero empezó a albergar un poder negativo después de usarse por quinta vez. El mago descubrió que el poder solo podía ser usado como máximo por un individuo, en cinco ocasiones, pero solo la necesitáis una vez. Para deshacerse del poder, el santo tuvo que partir por la mitad la tabla de piedra y esconder cada trozo en distintos lugares. Si lográis encontrar las piezas y unirlas, lograréis tener su poder. No hay ninguna pista, las escrituras que hablaban sobre ella fueron robadas hace unos meses. Aunque la Iglesia en su momento hizo una copia del documento. Un documento de tal envergadura se guardaba en...

Los niños interrumpieron la explicación de Elías porque dedujeron el sitio donde podía estar esa pista.

—Los archivos de la iglesia —dijeron a la vez.

Llegados a este punto, sabréis dónde estaban esos archivos..., debajo de la iglesia de San Guillermo.

Los cuatro se apresuraron hasta dicha iglesia, allí pidieron permiso al fraile para recorrer los entresijos de los túneles. Este, al principio, no estaba muy de acuerdo, pues la iglesia estaba en reformas y cualquiera podría descubrir el secreto, pero tras mucha insistencia, cedió. La pared estaba tapiada, tal y como propuso Aarón, pero se podía entrar retirando algunas piedras. Necesitaban encontrar esos escritos, tal vez les conducirían hasta su realidad. Era complejo orientarse entre los laberintos, pero el sacerdote los acompañó. "¿Dónde podrían estar esos documentos?", se preguntaban una y otra vez en sus mentes. El religioso alumbraba el camino con una antorcha, a medida que explicaba que en esos lugares, dedicaban una cámara al completo para las copias. En esas mismas salas, los monjes las hacían, por lo que solían ser espaciosas. Había decenas de salas, pero tras una larga búsqueda, una puerta de la sala principal les dirigió hasta la cámara de las copias. Los documentos estaban llenos de polvo y algo amarillentos. Era difícil encontrar el escrito que buscaban entre tantos otros. Mientras rebuscaba, Aarón se percató de un papel con colores llamativos e ilustraciones detalladas, se titulaba: "Incendio en la iglesia de San Guillermo de Vilaboreña, 1229". Resultaba curioso como hace exactamente 100 años, otra iglesia llamada San Guillermo, coincidiendo con el nombre del templo donde estaban los archivos, se había incendiado. Aarón guardó el documento entre la capa. Después de una intensa búsqueda, entre todos los papeles, Ignacio encontró el escrito que buscaban: "Las dos piezas de la tabla temporal". Antes de llevárselo, no pudieron evitar abrirlo para ojearlo. Lo que encontraron les impactó:

> *San Guillermo fue el portador de la tabla temporal. Para esconderla una vez se volvió en su contra, construyó dos templos, en cada uno de ellos, escondió un trozo de la tabla. Los únicos dos templos que construyó fueron en Lagarad, Vilaboreña, y en Rioviejo. Nunca se encontró ninguna de las dos tablas, aunque muchos la buscaron.*

Según Ignacio, Lagarad era el lugar de Vilaboreña donde estaban combatiendo.

—Ahora todo tiene sentido, por eso incendiaron esta iglesia, estaban buscando un trozo de tabla, pero al no tener conocimiento de estos pasadizos, no encontraron nada —expuso Aarón.

—No hagamos hipótesis erróneas. Podrían haberla incendiado por otras muchas razones —dijo fray Francisco.

—Pero mucha casualidad sería que también se quemara la otra iglesia de San Guillermo en Vilaboreña, exactamente hace 100 años —continuó Aarón.

—Aunque la quemaron, no lograron encontrar lo buscaban, pues en el documento se expone que ninguno de los dos trozos se descubrió —habló Lara.

—Pero parece que ahora han vuelto a buscarla, porque hace poco robaron el documento original del que copiaron este —manifestó Ignacio.

—Si el motivo del incendio de esta iglesia fue la búsqueda de la tabla, es mejor que tapiemos esto de nuevo, antes de que descubran el pasadizo aquellos que la buscan —decía el fraile seriamente.

Aclararon muchas cosas. Cuando anocheció, cada uno debía volver a su casa, Aarón e Ignacio al palacio, Lara con el fraile y Alba con su padrino. Para que no volviera a malherir a Alba, la acompañaron todos. Ahora ya no vivía en la taberna, sino que, al ser noble, tenían un palacete en el dominio de Punta Herrero. Todos fueron hasta allí, no tuvieron que llamar a la puerta, esta estaba mal cerrada y por lo tanto pasaron sin preguntar. Los amigos fueron firmes hacia el encuentro con el malvado barón, careciendo de temor. Estaba reunido en su despacho, como de costumbre. Dentro, le acompañaba alguien muy peculiar, el alguacil y asesor de Aarón. Acababan de reunirse, por lo tanto, se escondieron y escucharon la conversación que mantuvieron ambos individuos. Joaquín era el nombre del tabernero, padrino de Alba y barón; del mismo modo, el asesor y alguacil se llamaba Diego.

—Diego. ¿Te encargaste del soplón?

—Claro, después de que el mercenario contratado tropezara con la piedra y no pudiera cumplir con su trabajo, acusaron al muchacho de asesinato.

—¿Y…? Si el chico era inocente, el vizconde lo reconocería.

—Y lo reconoció, pero le convencí de que la mejor solución era ejecutarlo. El vizconde me hizo caso.

—Bien, Diego, eso demuestra que tienes una labia convincente.

—¿Y tú, Joaquín? ¿Has cumplido con tu parte?

—Mandé a una sección militar a Lagarad para buscar el otro trozo de la tabla, los incompetentes, por más que buscan, no la encuentran, dicen que ha desaparecido.

—No me refiero a esa parte, me refiero a la otra, porque aún no has encontrado el trozo de Rioviejo.

—Diego, bien sabes que he cumplido con mi parte, solo tenía que quemar la iglesia, con las reformas se me hace muy difícil acercarme.

—Algo se nos está escapando, Joaquín.

—No, simplemente hay que perseverar en la búsqueda. ¿Por qué crees que tengo estas cicatrices en la cara? Busqué durante muchos años dicha tabla y en el intento de incendiar la iglesia, me hice estas quemaduras.

—Lo sé, no sería la primera vez que me lo cuentas.

—Mis antepasados también llegaron a incendiar la iglesia de Vilaboreña, hace 100 años, pero no encontraron el objeto. Buscar la tabla se volvió una tradición familiar. Antes, yo también lo hacía por mí mismo y no por mandato de…

La escena se interrumpió cuando Ignacio, accidentalmente, se chocó con un mueble. Joaquín y Diego se sobresaltaron.

—¿Quién anda ahí? ¿Eres tú, Alba? —preguntaba Joaquín.

Los demás se fueron para no ser descubiertos y Alba se quedó con tal de no levantar sospecha.

—Tranquila, no dejaremos que te haga nada —decía Aarón mientras se iba junto con Lara e Ignacio.

CAPÍTULO 22
Los festejos

A la siguiente reunión, Alba no acudió, pero debían hablar sobre lo ocurrido en la casa del tabernero.

—Entonces era él. El dueño provocó el incendio y movilizó a los soldados desaparecidos, todo con tal de encontrar la dichosa tabla —comentó Ignacio.

—Diego, mi asesor, también estaba involucrado. Por eso me insistía tanto en que ejecutara a Amadeo, porque creían que era el informante. Lo que realmente no saben es que el verdadero informante es Marcos y que después del juicio indulté a Amadeo sin que Diego se percatara —compartió Aarón con Ignacio y Lara. Ella también habló.

—En cierto modo me siento aliviada, siguen creyendo que el informante siempre fue Amadeo, eso significa que Marcos huyó.

Después, Aarón intentó esclarecer un poco más lo sucedido.

—Pero no estamos seguros de que ellos tuvieran la iniciativa de buscarla. Antes de interrumpir la conversación, mencionaron que trabajaban para alguien.

—Tenemos que encontrar las piezas y la esmeralda negra antes que ellos, por lo menos ya sabemos dónde buscar —añadió Lara.

Pasó un mes aproximadamente. Habían estado buscando la pieza y la esmeralda sin resultado. Cada vez veían menos a Alba y siempre que lo hacían, tenía un nuevo rasguño. Aarón, cansado de esta situación, tomó una decisión que liberaría a Alba de su pesadilla.

—¿Joaquín Hernández?

—¿Quién pregunta?

—Somos los soldados del señor de Punta Herrero. Quedas arrestado por incendiar la iglesia y…

Interrumpió Joaquín:

—No hay pruebas, además de ser un tema de la Iglesia que nada tiene que ver con vuestro señor. —Después de la interrupción, el soldado prosiguió.

—La Iglesia valorará ese delito, pero quedáis arrestados por maltratar a vuestra ahijada.

—No os entrometáis, bien habéis dicho que es mi ahijada.

El soldado continuó explicando.

—Pero al no ser una esclava o al no merecer un castigo, según la ley, se sanciona el maltrato de un ciudadano libre. Eso sin contar con el tráfico de esclavos del que también se le acusa. Acompañadme por favor.

Joaquín fue apresado. Una vez llegó a la cárcel, se le encerró en una celda a espera de juicio. Diego también fue retenido por complot con el tabernero. Alba finalmente era libre y podía vivir en el palacio, junto con sus amigos.

La iglesia ya se estaba terminando, Aarón debía organizar la fiesta. Esperaba que iniciara en una semana. Para ello, Aarón compró vino y comida. Las calles se adornaron con guirnaldas florales y se iluminaron con antorchas. Habría torneos de caballeros, un mercado y se invitarían a juglares reconocidos en la comarca. La música sería una parte esencial, habría liras, gaitas y flautas, entre otros instrumentos de la época. También pensaron que sería el momento idóneo para buscar la tabla dentro del pasadizo de San Guillermo, nadie se daría cuenta con tanto entretenimiento.

Aarón quiso interrogar a Joaquín y a Diego para sonsacarles información. Se acercó hasta las celdas, el carcelero le guio, abrió la puerta de la mazmorra y Aarón entró. Los acusados estaban tranquilos. Aarón comenzó preguntando para quién trabajaban.

—Conocemos nuestros derechos, hasta el juicio no estamos obligados a hablar.

—Es por vuestro bien.

—No tienes pruebas, no puedes hacer nada, o acaso vas a desacatar la ley para encarcelar a dos pobres inocentes —apuntó Diego.

—¿No lo era también Amadeo cuando me convenciste de que era un asesino? —Aarón empezó a enfurecerse. Eso era lo que querían, así intentarían demostrar el control que tenían sobre el joven y su aplastante victoria en el debate.

Ahí mismo, comprendieron que Aarón había escuchado su conversación.

—¿Acaso no es más delito colarse en casas ajenas y escuchar las conversaciones privadas? —criticó Diego.

—No habléis, en el juicio tendréis que hacerlo, es más, se celebrará esta misma tarde —concluyó Aarón.

— Estupendo, un día menos para que se demuestre nuestra inocencia y se nos libere —la calma y seguridad con la que hablaban inquietaban aún más a Aarón.

Esa vez el juez sería Aarón, al carecer de alguacil. Durante el juicio, declararon una y otra vez que eran inocentes, argumentando que no tenían nada que decir, pues ni siquiera sabían de qué se les acusaba. Eso era mentira, pero usaban esa táctica para salir indemnes. Esa vez no podrían controlar a Aarón. El juicio concluyó como nulo, pues hasta que no confesaran o se demostraran pruebas fehacientes, no se les establecería una sentencia.

Los días previos a las fiestas fueron ajetreados. Había muchos preparativos, pero todo el pueblo participó. Iba a ser el mejor día que se hubiera vivido en Punta Herrero desde hace años. No solo sería el gran día para los pobladores, también para la pandilla de la orden, porque intentarían cumplir con su misión. La iglesia se terminó, y resplandecía más que nunca. Hubo varios problemas durante los preparativos del gran día. Los últimos barriles que llegaron se derramaron cuando el carro volcó accidentalmente, toda la plaza se tiñó de vino. Se enfrentaron a dos problemas: necesitaban recuperar el vino y limpiar la plaza. Este último inconveniente se solucionó rápido con la ayuda del pueblo, el segundo era más complicado. Duncan, cuando supo del problema, se comprometió a proporcionar el vino para la fiesta. Tenía algo almacenado en la bodega, que él mismo había creado. Gracias a algunas frutas y técnicas que usó en su producción, consiguió servir un vino afrutado en la fiesta, sin impurezas y con un sabor único.

En las fiestas, Aarón tendría que recibir a los nobles allegados en su casa.

Antes del día marcado, Aarón intentó sonsacar más información a los dos presos, pero se negaban a hablar.

Finalmente, el día esperado llegó. Acudieron nobles y campesinos. Incluso fue don Pelayo acompañado de su hermana. Este lo saludó y preguntó si estaba bien después de sus desmayos. La hermana también le habló.

—¿Desmayarse fue la forma de evadirte de tus problemas? —bromeaba.

—Puede ser —seguía Aarón con ironía.

—Tampoco me hace gracia que elijan mi compromiso, pero me alegro de que seas tú.

—A vista de que tu vida peligraba, tendré que revelarte mi nombre. No sé si serás capaz de aguantar hasta entonces —ella solía vacilar y hacer reír a Aarón.

—He de felicitarte. Siempre eres capaz de encontrarme una sonrisa.

Justo en ese momento se acercaron sus amigos y le indicaron que ya era el momento de entrar en el pasadizo.

—Supongo que el deber te llama. Espero verte luego —así se despedía la dama misteriosa.

Se comenzaron a alejar, pero sus miradas siguieron fijas hasta que estuvieron lo suficientemente lejos, como para no poder verse. Era importante que iniciaran cuanto antes su búsqueda, así que sin más preámbulos se dirigieron con seguridad a la iglesia. Allí encontraron a Fray Francisco y le pidieron permiso para revisar el túnel. El fraile se extrañó, siempre andaban en el pasadizo, pero no quiso entrometerse en sus asuntos y les permitió pasar. Antes de hacerlo, avisaron a Aarón de que los nobles ya se habían reunido en el palacio y que lo esperaban. Tuvieron que retrasar la misión para que Aarón atendiera sus obligaciones como señor de Punta Herrero. Se marchó con Ignacio esperando que terminara rápido, para volver al pasadizo. En el palacio había muchos nobles esperando. Aarón los tuvo que recibir personalmente. Había cuatro barones, dos vizcondes, tres condes, incluyendo a don Pelayo, y dos marqueses. La recepción fue en el salón principal, donde todos bebieron y comieron mientras intercambiaban conversaciones.

—Debo felicitaros por las fiestas y todo aquello que habéis conseguido en vuestro feudo. Nadie creía que Punta Herrero pudiera llegar a ser uno de los mejores territorios —así lo felicitaba uno de los vizcondes que asistieron.

Entre los nobles, Aarón pudo ver a la baronesa casada con el tabernero. No le pareció bien que después de la enemistad que tenía con su marido, se presentara en su palacio. Aarón solía ser muy directo, por ello, no dudó en expresar sus inquietudes hacia la baronesa.

—¿Qué hacéis aquí si sabéis los problemas que tengo con vuestro marido? No demostráis dignidad presentándoos aquí.

—Sabéis que fue un matrimonio concertado, yo nunca lo he querido y tampoco soy culpable de sus males cometidos.

El festejo transcurrió en un banquete. Todos los aristócratas expresaron su conformidad respecto de las fiestas, que hasta ahora estaban siendo un éxito. Era bastante tarde, Aarón e Ignacio debían irse para adentrarse en los pasadizos de San Guillermo, pero no veían ni el momento ni la excusa para abandonar el lugar; además, Aarón era el anfitrión. El joven vizconde pidió ayuda a la hermana de don Pelayo y a él mismo.

—Necesito irme, es difícil de explicar, si sale bien os lo contaré. ¿Me podéis ayudar?

—Aarón, eres el anfitrión, no puedes irte —dijo Pelayo.

—Es de suma importancia —replicó Aarón.

—En ese caso…, la última vez que te escapaste de un banquete, te desmayaste —propuso el conde de Rioviejo antes de que su hermana interviniera en la conversación.

—Pero eso no sería bueno para su reputación frente a los demás nobles.

Pensaron una solución. Tras discutir un rato, acordaron que don Pelayo anunciaría que Aarón había tenido que marcharse a resolver unos problemas familiares urgentes; después, Aarón saldría del palacio sigilosamente, acompañado de Ignacio y sin que nadie se diera cuenta de su ida. Resultó ser una buena estrategia, los nobles comprendieron la situación de su anfitrión y Aarón e Ignacio llegaron a la iglesia, reagrupándose con Lara y Alba. Todo apuntaba a que finalmente podrían investigar dentro de los pasadizos de la iglesia.

Cuando quisieron entrar, otro conflicto les asaltó. Más que conflicto, hecho inesperado que provocó asombro en los cuatro amigos. Súbitamente, a puertas de la iglesia, un extraño soldado cayó de rodillas de cansancio, sofocado y demacrado. Las caras de los amigos expresaban estupor. Lara pudo balbucear abriendo los párpados de par en par.

— ¡¿Marcos?!

CAPÍTULO 23
Memorias de Marcos

Indudablemente era Marcos, todos lo abrazaron, pero él casi no podía levantar los brazos a causa de la falta de fuerza. Lara dijo que sería buena idea llevarlo a su maestro en medicina, para que lo atendiera. Hicieron eso y lo llevaron entre todos. Casi no podía hablar y le costaba conjugar dos simples palabras. Estaba delgado y herido, el doctor le atendió. Simplemente dijo que sufría de agotamiento, hambre y heridas de guerra, debía descansar bastante y comer alimentos ricos en carbohidratos que le proporcionaran energía. El doctor lavó sus heridas cuidadosamente con un trapo húmedo y un chorro de limón, para que actuara como desinfectante. Le dejaron descansar en la cama, pero pronto se despertó asegurando que estaba mejor, por lo menos, ya podía hablar. Quiso contar todo lo que había vivido; antes, desenvolvió un trozo de la tabla temporal, de unas telas que llevaba consigo.

—¿Cómo has conseguido eso? — Ignacio reconocía la tabla por los dibujos del documento hallado en el pasadizo.

—¿Sabéis lo que es? —cuestionó Marcos.

—Sí, y no solo eso. Sabemos que mandaron una sección de soldados para buscar ese pedazo y que quemaron la iglesia de San Guillermo para hacerse con el trozo restante. Conocemos el poder que alberga y también que es nuestro único recurso para llegar a nuestra realidad. Las personas que andan detrás de esto ya no son desconocidas para nosotros. Pero tú lo sabrás mejor, sabemos que eres el informante —Aarón contaba todo lo que habían descubierto.

—Te hemos buscado por todas partes, por suerte estás bien. No te veas comprometido a contarnos tu historia, necesitas descansar —dijo Lara, aunque Marcos rechazó su oferta.

—Prefiero contaros mis recuerdos, si estáis buscando la otra mitad, necesitaréis saber toda la historia. Cuanto antes regresemos a casa, mejor me podré recuperar. Hoy es la noche idónea, hemos de conseguirlo.

Seguidamente, Marcos expuso sus vivencias e información que conocía.

—Llegó una sección militar, nadie sabía quién mandaba los refuerzos. Tras la desaparición de estos militares, me mandaron a mí y a otros tantos soldados a buscarlos, aunque no sabíamos ni quienes eran ni de parte de quien venían. Todas las pistas apuntaban a que pasaron por la capital. Nos repartimos y es en la metrópolis donde los encontré. El alférez lanzó un pequeño ataque hacia Vilaboreña, pese a que estábamos en tregua. Esto provocó que los enemigos rompieran el acuerdo y atacaran nuestra campaña, ya que ellos creían que nosotros iniciamos las ofensivas, incumpliendo la interrupción temporal de la guerra. Después, yo solo les seguí en su travesía, acompañado de otro escudero. Pronto nos enteramos de que venían de parte del barón de Angaque, descubrí que era el tabernero que nosotros conocíamos. Llegué con los militares hasta una ermita situada en el campo, era el templo de San Guillermo. Día y noche, los soldados registraban ese lugar en busca de algo, aún no sabía el qué, pero con la información que había recopilado, le dije a mi compañero que regresara a nuestra campaña y que anunciaran que yo, bajo el pseudónimo de "informante", tenía información que explicaría el porqué del asalto en medio de la tregua, la llegada de los soldados extraños y la desaparición de estos. Me convertí en el informante y pronto haría público lo que sabía, pero antes necesitaba descubrir qué era lo que buscaban en ese templo. Durante una noche, mientras todos dormían, entré. Me percaté de que había un papel con un dibujo de una tabla, en este ponía: "San Guillermo fue el portador de la tabla temporal, para esconderla una vez se volvió en su contra, construyó dos templos, en cada uno de ellos, escondió un trozo de la tabla. Los únicos dos templos que construyó fueron en Lagarad, Vilaboreña, y en Rioviejo. Nunca se encontró ninguna de las dos tablas, aunque muchos la buscaron". Según lo que me habéis contado, este sería el documento real que fue robado, y que vosotros encontrasteis copiado. Después busqué en el templo y percibí que una pared del subsuelo sonaba hueca. Estaba separando un pasadizo dentro de este, allí estaba la pieza que estáis viendo. La enterré cerca del árbol donde solía esconderme y a la mañana siguiente me descubrieron. Ahí es cuando avisaron a Joaquín de que había un informante que logró escapar. La fecha coincide con la llegada de Amadeo, por eso creían que él lo era. Escapé y me llevé la mitad de la tabla, porque después de conocer que la otra estaba en Rioviejo, pensé que podríamos volver a la actualidad juntándolas. Antes de regresar, los enemigos me asaltaron y me recluyeron, pensaban que llevaba algo de valor. Me descuidaban allí por ser el enemigo, pero conseguí escapar y llegué a la campaña de nuestro bando. Les informé de lo sucedido y dieron por finalizada la guerra; tenían otro objetivo. Era alzarse contra los que habían creado ese conflicto innecesario, pues esa guerra solo era una distracción para que pudieran encontrar el objeto que traigo conmigo. Primero fueron a por el alférez que había roto la tregua, le sonsacaron información para saber quién lo enviaba, el nombre concordaba con el que previamente yo había averiguado, el tabernero. También descubrimos que el rey había declarado la paz hace tiempo, pero había otra persona poderosa que mantenía la guerra, solo para tener una distracción y que sus soldados pudieran buscar el trozo de tabla. Cuando digo poderosa, me refiero a más poderosa que Joaquín, hay alguien por encima que les controla, el tabernero trabaja para él. Ahora todo el ejército está furioso. Desean encontrar al que ha provocado que siguieran luchando cuando la paz ya se había firmado. Yo fui el primero en llegar, mañana desembarcarán el resto de los soldados. Os aseguro que vienen sedientos de justicia y no pararán hasta descubrir quién les ha estado controlando. En cierto modo, mi hallazgo ha desencadenado una revolución. Mañana las consecuencias serán graves. Es mejor que liberes a Joaquín o si no asaltarán la cárcel con tal de encontrarlo. Se me hace extraño que seas el señor de Punta Herrero, han pasado tantas cosas en mi ausencia.

Debían encontrar el otro pedazo y también la esmeralda negra, no sabían por dónde empezar. Aconsejaron a Marcos que se quedara descansando después de todo lo que había vivido, pero este insistió, eso sí, primero necesitaba reunir fuerzas. Se levantó casi al completo de la cama, se sentó al borde y comió una especie de mejunje, rico en carbohidratos, que el doctor había preparado. No le gustó mucho, pero hacía lo que fuese por recuperarse. Cuando se levantó, un objeto que tenía guardado se le cayó; no era el pedazo de la tabla.

Era un pequeño frasco.

—¿Qué es eso? —curioseaban sus amigos.

Marcos decía que no era nada importante, pero estaba claro que algo era. Es diferente decir "No es nada", que decir "Prefiero no revelar la verdad". En este caso, Marcos no admitía que no quería exponer la verdad.

—Estamos en confianza, puedes decírnoslo —insistían sus amigos.

Muchas veces ocultamos la verdad por miedo a las consecuencias, como por ejemplo reproches de nuestros allegados. Hay que aclarar que no era nada malo, simplemente es que Marcos no quería admitir que tenía un problema, pero era normal después de haber sufrido y haberse enfrentado a distintos altercados en su viaje. Marcos finalmente reveló su secreto, eran sus amigos y ocultarles la verdad no solucionaría sus problemas. Se trataba de hierba de San Juan, valeriana y tila, para tratar el estrés y la depresión. Durante su encierro, sufrió mucho. Entre los soldados, había un médico. Le contó que sufría de ansiedad y estrés postraumático. Para tratar los síntomas, le recetó ese frasco como antidepresivo y ansiolítico.

Sus amigos, preocupados, le presentaron el frasco al doctor. Él comprobó de qué medicamento se trataba y les aclaró:

—No tiene efectos perjudiciales, pero no hará que tus problemas desaparezcan, simplemente te lo hará creer. Es mejor que te enfrentes a ellos, antes que ocultarlos con esto. Aquí tienes a tus amigos dispuestos a acompañarte.

Después de hablar un rato, descubrieron que a Marcos le perturbaba la soledad. Nunca había estado solo; sin embargo, luego de haber estado retenido y haber tenido que enfrentarse a inconvenientes él solo, había sentido miedo. Fue una conversación reparadora, sus amigos querían dejarle claro que siempre estarían con él.

Se recuperó rápidamente y se puso en pie. Marcos se sentía más aliviado después de compartir sus inquietudes. A veces, solo necesitamos que nos escuchen para sentirnos mejor.

El viaje de Marcos había sido inquietante, pero por fin estaba de vuelta.

Al día siguiente, el resto de los soldados llegarían y formarían una revolución. Ni siquiera Marcos había podido averiguar quién provocó la serie de infortunios durante la guerra, esa persona los desconcertaba a todos por igual, solo podían descubrir su nombre en el momento que Joaquín y Diego confesaran. De todos modos, los soldados les sonsacarían pasado ese día. De momento, la fiesta continuaba, los nobles disfrutaban del banquete aun cuando su anfitrión se ausentaba, la plebe disfrutaba del vino y de la música, los burgueses aprovechaban y vendían sus mejores productos, la justa de caballeros había entretenido a los pobladores y en general todo el mundo se divertía y distraía. Eso creaba el ambiente propicio para que pudieran entrar a registrar el pasadizo de la iglesia de San Guillermo.

A la mayor brevedad posible, salieron de la casa del doctor y se acercaron ante la imponente iglesia de paredes altas. Nada ni nadie podía impedir que, de una vez, entre tantas oportunidades, entraran para cumplir su misión, o eso era lo que ellos creían. Podrá ser mucha coincidencia presenciar dos reencuentros la misma noche; no obstante, los niños fueron espectadores de ese suceso. Estaban cansados de experimentar tantas emociones, pero también sintieron felicidad cuando esa persona se presentó…

CAPÍTULO 24
Memorias de Alonso

E sa persona era Alonso. Esa noche tenía algo especial, pues se habían reagrupado todos los amigos casualmente, justo al momento de intentar volver a la actualidad. Sus amigos sintieron alegría por el reencuentro. Se acercaron a abrazarlo, pero Alonso dio un paso hacia atrás. Esto podría haber significado un desprecio o rechazo de afecto, mas no tardó en disculparse. Dijo que no lo había pasado muy bien en su travesía. Tenía que explicar todo lo sucedido, pues el monje que lo acogió no existía según el abad; además, Alonso nunca ingresó como aprendiz conforme al mismo monje. Se veía nervioso, pero estaba dispuesto a contarlo todo con tal de avanzar con la misión que los traía por allí, volver a casa.

— Han pasado varios acontecimientos confusos, después de que Aarón y Lara me dejaran como aprendiz en el monasterio, el monje no me condujo hasta dentro, sino que me llevó fuera del monasterio. No sabía muy bien cómo reaccionar, pues no tenía conocimiento de lo que estaba pasando. Un carro con otras dos personas llegó al lugar donde permanecíamos, fuera de los muros de la abadía. El hombre tenía otra ropa más casual debajo de la túnica. Se despojó de ella, como si de un disfraz se tratara, pues solo era un actor infiltrado en el monasterio. Se subió al carro junto con las otras dos personas, también actores. Me ordenó que me subiera, no quería, pero después de comprobar la bravura de sus palabras no tuve más remedio. Estaba asustado y no quisieron darme ninguna explicación hasta llegar a una vieja casa en un lugar remoto del campo. Los actores me habían reclutado sin consentimiento para ocuparme de sus labores y requerimientos. No solo para eso, ya que para ese trabajo habrían comprado a un esclavo, necesitaban un niño para una actuación muy importante. Un duque poderoso con parentesco con la familia real los había contratado para actuar, pero él había ordenado que interpretaran una obra concreta, en la que aparecía un niño. Por esa razón, el actor se había infiltrado en el convento, para llevarse a un niño de los muchos que estudiaban allí; cuando me vio, supo que era el indicado para ese papel, cumplía con la edad y rasgos del personaje de la obra teatral. El duque les ofrecía una gran cantidad de dinero, por eso se vieron en la necesidad de encontrar a un niño que interpretara el papel.

No eran del todo agradables, me obligaban a ensayar mientras combinaba las labores dentro de la casa. Intenté contactar con vosotros, pero era inútil.

El día llegó, estaba amenazado, si intentaba boicotear la actuación, sufriría serias consecuencias. No tuve más remedio que actuar. Había practicado mucho y realmente pude mostrar mi talento. Creo que fue el único momento donde realmente me pude sentir yo mismo, encima del escenario. Sentí la obra en mi interior y cada palabra que salía de mi boca. Fue una experiencia increíble. Hasta ese momento, nunca había actuado, pero desde allí arriba, pude sentir que lo había hecho durante toda mi vida. Me sentí libre y es una sensación que nunca olvidaré. Asumí que, aunque volviera al presente, nunca podría cumplir ese sueño.

Sus amigos quisieron animarlo antes de que continuara con la historia.

—Seguro que puedes lograrlo, tal vez te conviertas en un gran actor —lo animaba Lara.

—¿Cómo? Soy huérfano y vivo en un castillo abandonado.

—Lograr lo que queremos es complicado, por eso se llaman sueños, porque son inalcanzables al momento de pensarlos. En el momento en el que te lo propones y trabajas en ellos, esos sueños se convierten en metas. Las metas son más posibles de alcanzar, ya que la palabra se refiere a algo físico. El problema es que las metas no están cerca. Seguro que en el camino tropiezas, ahí querrás dejar de seguir luchando, porque creerás que ese traspiés ya no tiene arreglo y porque aún verás que tu meta está demasiado lejos. No hay que rendirse por muchas veces que tropieces, solo de ese modo te estarás acercando a tus objetivos. A medida que avances, verás como esas metas que parecían inalcanzables se convierten en oportunidades y los traspiés en logros. Necesitas seguir trabajando y no relajarte por creer que estás cerca. Solo entonces tus sueños se cumplirán. Todo es cuestión de fuerza de voluntad, valentía, esfuerzo y positividad. La fuerza de voluntad la forja el deseo de alcanzar aquello que te propones, cuanto mayor sea, mayor fuerza de voluntad tendrás. Cuando llegamos aquí, se me hacía inimaginable que llegaría a ser noble, pero con estos valores que he mencionado, fui ascendiendo hasta ser quien soy. Sé que cuando volvamos a casa perderé todo esto, no lo veo como una desgracia sino como una oportunidad para alcanzar nuevos sueños. —Desde que Aarón vivía en la Edad Media, había interiorizado mucho, había comprendido muchas cosas importantes en la vida que solo se pueden alcanzar con madurez. En cierto modo, la adversidad le había hecho madurar.

—Era lo que necesitaba oír —dijo Alonso.

No solo las palabras de Aarón le ayudaron a él, sino a todos. Durante ese periodo de sus vidas que habían vivido, enfrentándose a problemas lejos de casa, averiguaron quiénes eran realmente y también su vocación. Lara estudiaría Medicina. Después de haber visto el sufrimiento de la gente durante la peste, tuvo claro que quería ayudar a los enfermos. Alba sería jueza. Al estar con el tabernero, había apreciado la crueldad y maldad de la gente, quería evitarlo. Marcos se alistaría en el ejército, había comprobado que era más valiente de lo que él creía. Alonso sería actor como bien sabemos, y Aarón, después de descubrir quién era, solo tenía claro que la gente necesitaba ayuda y que sus consejos eran valiosos. Todos, tras reflexionar, tenían nuevos sueños. Después de todo, soñar no es malo, simplemente es imaginar un futuro donde se hace realidad aquello que tanto anhelamos.

Me hubiera gustado que estas fueran las últimas palabras de esta historia, pero no podría dejaros sin descubrir la resolución de todos los conflictos. Me gustaría hacer un inciso antes de continuar. Quiero asegurarme de que estas palabras te servirán. Todos tenemos sueños, yo también los tengo. Seguro que habrás escuchado miles de veces esto de los sueños y el esfuerzo, pero realmente es cierto, puedes creerme cuando te digo que se cumplen, porque si estáis leyendo esto, es porque uno de los míos se ha cumplido. Cada palabra que estás leyendo es fruto de un esfuerzo que tenía como objetivo cumplir una meta que, antes de serlo, fue soñada. Sé que suena a final de historia motivadora, pero aún os queda historia que leer. Solo escribía esto para que vosotros cumpláis todo aquello que os propongáis. Sin más dilación continuaremos con la historia, y recuerda: nada ni nadie puede decirte qué debes o no hacer, eres la única persona que puede decidir tu futuro, no abandones tus sueños por creer que no eres capaz, con esfuerzo te darás cuenta de que te habías subestimado.

Después de la reflexión de los amigos, Alonso siguió explicando que después de actuar, había cumplido su trato, así que se fue corriendo de allí, dejando un ambiente enigmático como "El actor misterioso": después de bordar una actuación, desapareció sin dejar pista de quién era. Viajó hasta llegar a Rioviejo y los buscó por el pueblo. Le comunicaron que Aarón era el nuevo señor de

Punta Herrero y les encontró a puertas de la iglesia durante las fiestas.

Lo importante es que estaban todos juntos. Allí mismo, a puertas de la iglesia, le resumieron a Alonso todo lo sucedido y le explicaron el propósito que tenían que cumplir dentro del pasadizo de San Guillermo, de igual manera que hicieron cuando Marcos llegó. Le enseñaron la mitad de la tabla temporal. Alonso se sorprendió y se quedó mirándola fijamente como si estuviera hipnotizado, parecía que la conocía.

—¿La conoces? —preguntó Ignacio.

—No, aunque había oído alguna historia —dijo Alonso.

Seguidamente se dispusieron a entrar, esta vez nada les impediría continuar con su misión. ¿O sí?

CAPÍTULO 25
Como en casa.

Dieron un paso para avecinarse cada vez más a la iglesia, pero repentinamente, Aarón frenó de improviso. Aseguró que tenía una idea brillante pero que necesitaba la mitad de la tabla. Ya habían tenido muchas distracciones que habían evitado que entraran a cumplir con su cometido, no podían desaprovechar el hecho de que era el mejor día para investigar porque el pueblo estaba distraído; por lo tanto, Aarón dijo que se ausentaría un momento mientras los demás se adentraban en el pasadizo, después los buscaría dentro. Accedieron y le entregaron el trozo de tabla; antes, Alba se ofreció a acompañarlo sin saber su plan, pero aun así se fueron los dos mientras el resto entraba en el templo. Alba preguntaba a Aarón repetidas veces de qué trataba la idea, pero él no respondía. Estaba concentrado y andaba a un paso ligero hasta llegar a la cárcel. Fueron a la celda de Joaquín y Diego, entonces Alba entendió cuáles eran los planes de su amigo. Entraron en la mazmorra calmadamente. Allí estaban los dos, todos los allí presentes estuvieron callados un rato hasta que Diego rompió el hielo.

—¿Qué os trae por aquí?

Aarón los miró y comenzó a hablar.

—No vengo a sonsacaros el nombre de la persona para la que trabajáis, vengo a advertiros de que mañana vendrán los soldados de la guerra, se han enterado de la manipulación de vuestro jefe y quieren justicia. Saben quiénes sois y vendrán a por vosotros para que les reveléis el nombre. Yo estaría dispuesto a soltaros para que huyáis antes de que vengan, eso sí, a cambio necesito saber ese nombre.

—Tus mentiras no harán que hablemos, piensas que nos puedes manipular, pero sabemos que lo que nos has contado no es cierto, solo es una estrategia —insinuó Diego.

—Podéis creerme o no, pero como muestra para que lo hagáis, mirad esto. —Aarón les mostró la mitad de la tabla temporal—. ¿No es lo que vuestro jefe buscaba en Vilaboreña? Habéis decidido no hablar, así que mañana hablaréis a través de otros métodos con la llegada de los soldados.

Los presos se miraron y se quedaron sorprendidos mientras Aarón sujetaba el trozo de tabla. Seguidamente, no dijo nada más, se dio la vuelta e hizo un amago de salir de la mazmorra. Todo era parte de su plan, sabía que al final terminarían hablando, desde que vieron la tabla se asustaron al creer que lo que había dicho Aarón era verdad. Aarón se fue alejando despacio esperando la respuesta, y cuando no pudieron contenerse, hablaron. Él joven sonrió.

—¡Alonso Mena! Ese es el hombre que buscáis —respondió el tabernero.

Aarón se dio la vuelta para mirarlos, después de sonreír tras conseguir lo que buscaba.

—Ya hemos hablado, ¡ahora soltadnos! —suplicó Diego enfadado.

Se habían intercambiado los papeles desde la última vez que se vieron; esa vez, Aarón era el que mantenía la calma y los controlaba, mientras ellos se desesperaban.

—Todo lo que os he contado es cierto, excepto una cosa. Los soldados están viniendo y quieren encontraros, pero habéis debido ser ingenuos para pensar que soltaría a dos individuos tan perversos como vosotros.

Aarón salió calmado mientras Joaquín y Diego se enfadaban aún más. Después se quedaron encerrados. En ese tipo de situaciones, es difícil saber si te desespera más lo que está sucediendo o el simple hecho de que la otra persona esté calmada.

Alba felicitó a Aarón por su plan y recordaron el nombre "Alonso Mena". Ambos creían conocer aquel nombre, entonces hicieron sus conjeturas.

—Juraría haber oído ese nombre antes —decía Alba.

De pronto, una idea pasó por la cabeza de Aarón, ya sabía de qué conocían el nombre.

—Lo tengo. ¿Recuerdas la visita al castillo? Según la leyenda de la profecía, Alonso Mena era el segundo al mando después de Juárez. ¿Qué tiene que ver con la tabla?

Abandonaron el tema sin darle mucha importancia y juntos regresaron a la iglesia. Entraron y bajaron hasta el subsuelo. Las piedras de la pared que tapizaba los pasillos estaban apartadas, ya que anteriormente habían entrado sus amigos, el problema era que ese laberinto era inmenso y no sería fácil encontrarlos. Empezaron a revisar todas las salas, una a una para ver si los encontraban, mas la búsqueda no daba resultado. Pasaron por varias salas, en la quinta que revisaron, encontraron algo extraño. Había un armario con libros, más en específico, eran dos armarios juntos. El paso del tiempo los había corroído, por ello, en la parte donde se juntaban, se apreciaba una pequeña separación. Esos armarios solo ocultaban otro espacio. Intentaron entrar, solamente por curiosidad, tal vez encontraban el otro pedazo de tabla. Tiraron de los estantes hacia fuera con el propósito de que se movieran, pero no consiguieron desplazarlos. Probaron a tirar de los libros, habían visto muchas películas donde algunos armarios secretos se abrían tirando de un libro en específico, pero no dio resultado, ninguno ocultaba nada, a excepción de uno. No era la palanca de abertura, pero sí ocultaba una cerradura. En el medievo las cerraduras no eran tan seguras, por lo que intentaron forzarla con un trozo de madera. No resultó útil, así que pasaron a apedrear la cerradura hasta que se soltó, dejando ver el mecanismo, solo lo rompieron y los armarios quedaron abiertos. Tiraron del mismo modo que antes. Esa vez consiguieron separarlos. Llegaron a otra sala que se alargaba en un pasillo. Aarón fue el primero en andar hacia el pasadizo, pero el suelo era inestable. Cuidadosamente se fueron adentrando. De un momento a otro, la antorcha que Aarón llevaba se cayó y se apagó. Aarón se asustó y llamó a Alba, pero ella no respondió. Comenzó a caminar en todas las direcciones a oscuras, intentando hallar a su amiga, pero no logró encontrarla. Aarón no podía ver nada, pero le daba la sensación de que el pasillo de paredes estrechas se había convertido en una espaciosa sala. Estaba muy asustado hasta que de pronto vio una luz a lo lejos, sin pensarlo se acercó. Había un hombre, Aarón se extrañó mucho, se suponía que estaban solos en el pasadizo, pero no se puso histérico, aunque quería correr por la aparición del extraño sujeto. Sentía una calma y paz interior que le impedía ponerse nervioso. Se quedó mirándolo y le preguntó educadamente quién era.

—Lo importante no es quién soy, sino quién eres tú. ¿Qué buscas aquí? —el hombre transmitía paz.

—No lo sé, estamos buscando a nuestros amigos cuando llegamos aquí. Pero supongo que nos adentramos para encontrar un objeto.

—¿Qué objeto merece tanta importancia para que entréis entre estas oscuras paredes?

—Es... Nuestra oportunidad para regresar a casa. —Aarón sentía una sensación rara que le hacía hablar y revelar esos secretos.

—¿Acaso no perteneces a este sitio?

—Es complicado, digamos que estoy lejos de casa y he perdido a mi amiga.

—Cuando nos referimos a estar lejos de casa, nos referimos a estar incómodos y alejados de la protección semejante a la que experimentamos en nuestro hogar. ¿Sientes miedo? —dijo el señor con la misma serenidad.

—Sí, desde que estoy aquí he tenido miedo a todo, pero lo he afrontado.

—¿Crees que ese objeto te llevará de vuelta a casa?

—No lo sé, pero es mejor intentarlo que nunca haberlo hecho.

—¿Echas de menos a tu familia? —El individuo parecía conocer a Aarón desde siempre.

—De hecho, sí. Algunas veces me gustaría perderlos de vista, pero me he dado cuenta de que son muy importantes para mí.

—¿Te encuentras cansado y estresado?

—Sí, ahora solo desearía volver a mi casa y abrazar a mis seres queridos. El tiempo que he estado fuera de mi hogar, he pasado por muchas situaciones difíciles, he sentido temor, he recibido mucha información, me he sentido solo y presionado.

—Estás cansado, pero el cansancio te lleva a soñar. ¿Qué es lo que más quieres en este momento?

—Desearía volver a mi casa.

—Sabes, la palabra "casa" puede tener significados relativos. Puedes sentirte como en casa sin estar en ella. Se relaciona la casa con amor, refugio y protección. Puedes encontrar tu hogar en las personas, en los momentos de tu vida, en las adversidades, en tus sueños, en tus aficiones y sobre todo en ti mismo.

Aarón tenía los ojos llorosos, los cerró visualizando cada palabra del extraño. Sintió la paz de los sabios consejos, se tranquilizó y abrió los ojos. Ya no estaba en el pasadizo, estaba en la puerta de su casa. Entró y vio a su familia, a sus padres y a su hermano, todos sentados en el sofá. Se emocionó mucho y se precipitó a abrazarlos, se asomó por la ventana y sus amigos estaban abajo, todo volvía a ser como antes. Suspiró liberando la preocupación que lo oprimía y al girarse, vio al señor al final del pasillo de su casa. Con mucha alegría se acercó a él.

—¿Qué has hecho para que esté aquí?

—Yo no he hecho nada, has sido tú… —De pronto el escenario comenzó a desvanecerse como si todo hubiera sido un pensamiento—. Has encontrado tu hogar en tu interior, tus amigos lo encuentran en ti, tú lo haces en ellos. Pero siempre tienes que recordar que en la vida, la única persona que siempre permanecerá contigo eres tú mismo. Para tus amigos, eres su sustento, también están viviendo esta situación. El amor mueve montañas, los sueños alcanzan el cielo y tú eres tu propia casa. Creer en ti es la mejor manera de sentir amor. Para que puedas sentir ese amor que mueve montañas, necesitas sueños, pero para soñar, debes encontrarte a ti, encontrar tu hogar, tu refugio.

Aarón estaba casi llorando y sentía muchas emociones. El señor lo miró.

—Cuando te sientas asustado y no sepas qué hacer, encuentra tu hogar dentro de ti, allí hallarás lo que necesitas para seguir luchando… Ya estás en tu casa.

El hombre desapareció y Aarón volvió a ese pasillo. Todos sus amigos aparecieron iluminados por una antorcha.

—¡Aarón! ¿Dónde estabas? No te encontraba y estaba asustada, fui a buscarte y me he encontrado con todos.

Aarón sonrió, sentía paz y armonía, los problemas ya no le atormentaban, la cabeza no le dolía, no sentía miedo y estaba relajado. Esto le impulsó con más fuerza a seguir perseverando por su objetivo. Todos juntos andaban por el pasillo. Antes de nada, Aarón sintió algo, miró hacia atrás y al final del pasillo estaba el hombre.

—Dios es omnipotente, marca el pasado, presente y futuro.

Esta frase la oía Aarón en su interior mientras veía como el hombre desaparecía con una sonrisa.

—Aarón. ¿Qué miras? Debemos seguir.

Aarón salió del lapsus y continuó andando, estaba en calma y feliz después de esa experiencia, tanto como para no pararse a cuestionarse qué había pasado.

Después de caminar un rato, llegaron a otra cámara, no era muy grande. En el centro había una columna de piedra; sobre ella, había algo que reflejaba la luz. Era la esmeralda negra, la tan ansiada piedra. Se acercaron y la piedra empezó a brillar, como si se hubiera encendido. Tú no elegías ser dueño de la piedra, sino que ella te elegía a ti como portador, por eso Aarón notó una atracción que le hizo arrimar la mano hasta la columna, cada vez que se acercaba más, la piedra intensificaba su luz. Cuando la tuvo en sus manos, un destello se escapó y la piedra se apagó, aun así, brillaba más que cuando la encontraron totalmente inactiva.

—La piedra te ha elegido como su portador —entendió Alonso tras presenciar la escena.

Marcos, en un acto desesperado por volver a la actualidad, dijo a Aarón que ya que la tenían, que deseara volver a la actualidad. Alonso corroboró la opinión con nuevos argumentos, pero Aarón quiso hacerlos entrar en razón.

—Ya hemos hablado de esto, encontrar la piedra ha sido casualidad. Podemos usar el deseo para cambiar el mundo presente, ya que seguirá funcionando en otra época, porque lo único que cambia es el tiempo, no el mundo. Ahora centrémonos en encontrar la tabla, si no la encontramos, usaremos la piedra.

Alba y Lara lo apoyaron. Ignacio todo el tiempo se mantuvo al margen, él no pertenecía a la época de sus amigos.

Marcos se llenó de furia y en un acto de ira descontrolada, se fue de la sala por el pasillo rápidamente. Lara y Alonso lo siguieron.

CAPÍTULO 26
Resolución

Aarón se entristeció. ¿Acaso era egocéntrico por pensar en los demás? No sabía por qué se había enfadado Marcos, era su mejor amigo desde que tenían 5 años y no quería perderlo. En ese momento, se estaba fustigando por haber enfadado a su amigo; sin embargo, su idea era buena y solo quería ayudar.

—No te preocupes, entrará en razón —calmaba Alba a su amigo.

—Debería ir a hablar con él —aseguró Aarón.

—No, es mejor que le dejes su espacio, conocemos a Marcos, ya volverá —respondió Alba.

Su amiga veía que Aarón estaba preocupado, así que lo tranquilizó.

—Tranquilo, no te martirices, no has hecho nada malo, al contrario.

Mientras tanto, salieron de la sala cruzando el pasillo. No sabían dónde estaba el resto de sus amigos; no obstante, debían continuar con su misión. Ellos sabían que la esmeralda negra era la llave para llegar a la reliquia, pero no sabían si también conducía a la tabla temporal. No sabían por dónde buscar. ¿Por dónde comenzarías a buscar un antiguo trozo de una tabla de piedra con poderes temporales? Recorrieron las salas del lugar, incluso descubriendo algunas que no conocían. Llegaron a la cámara principal y entraron en el área de los documentos, tal vez allí encontrarían alguna pista. Por suerte para ellos, encontraron algo, en la misma parte donde estaba la copia del documento de la tabla. Había otro manuscrito sobre la esmeralda negra. Se dieron cuenta de que había una sección dedicada a los objetos, por eso estaba cerca del lugar que ocupaba el papel de la tabla temporal. Leyeron atentamente el pergamino: "La esmeralda negra es una piedra de color oscuro, extraída del monasterio incendiado de San Guillermo"... Antes de continuar con la lectura se miraron, la piedra también tenía relación con la tabla... "La piedra fue entregada a san Guillermo. Este pidió a la esmeralda como deseo que creara la tabla temporal y así viajó a un pasado donde todavía el poder no se había usado, por ello, hasta el momento la piedra puede conceder un deseo".

Esto era distinto a la leyenda que les contó Elías, porque realmente la tabla no fue concedida por un mago sino por la propia esmeralda.

Alba quiso aclarar.

—Es sencillo, si tú usas el deseo y luego viajas 3 minutos al pasado, vuelves a tener el deseo porque hace 3 minutos aún no lo habías usado.

"Es importante aclarar que la piedra elige a su portador, el poder de la piedra solo puede ser usada por los descendientes de San Guillermo, la esmeralda los reconoce. El deseo nunca se ha agotado porque nunca la ha encontrado un descendiente".

—Entonces, si la piedra me ha elegido, es porque...soy descendiente de San Guillermo.

Todo esto era un gran descubrimiento, Aarón era descendiente de San Guillermo y la tabla tenía relación con la esmeralda. Estuvieron un rato en la sala mientras asimilaban la nueva información sorprendente. Querían comprobar si la piedra realmente conducía a la tabla, así que Alba le dijo a Aarón que pensara en el objeto que buscaban, a lo mejor se iluminaba o empezaba a ejercer una fuerza de atracción hacia el pedazo de tabla, pero no parecía dar resultado. Tuvieron que seguir sin la ayuda de la piedra. Llegaron hasta la sala principal del pasadizo subterráneo. Alba se dio la vuelta y se quedó mirando el altar un rato, seguidamente, repitió la siguiente frase en voz alta: "Jau op dibêrendu blacter quero lïgnambew ictenfrà".

—¿Qué? —se extrañó Ignacio.

Alba aclaró que se trataba de la frase escrita a los pies de la escultura del altar. También, mencionó que le resultaba familiar.

Aarón ya la había escuchado antes cuando Fray Francisco le mostró el pasadizo, y también aseguraba que conocía la frase desde antes. Reflexionaron durante algunos segundos y Alba creyó saber su procedencia.

—Si no recuerdo mal, hace algunos meses, cuando estábamos en el presente y conocimos a Alonso, él nos dijo que en su viaje aprendió un idioma y que sabía un dicho popular que era exactamente igual que esa frase.

—Exacto, ya lo recuerdo, aunque… ¿No se supone que es un idioma antiguo? ¿Qué país del presente lo habla? —intentó averiguar Aarón. Alba respondió.

—Supongo que sí se hablará en algún lugar, porque si no ¿por qué lo conocería?

—Lo más raro es que el fraile me dijo su significado y no corresponde con la traducción que Alonso nos hizo —continúo hablando Aarón.

—Seguro que se confundiría, parece un idioma muy complicado. Por cierto. ¿Qué significa la frase? —preguntó Alba.

—Significa "Dios es omnipotente, marca el pasado, presente y futuro"… —De repente, Aarón se dio cuenta de una cosa, por ello agachó la cabeza y se quedó extrañado.

—Aarón. ¿Ocurre algo? —se preocupó Ignacio.

Aarón se dio cuenta de que la traducción de la frase era la misma que el misterioso hombre le dijo antes de desvanecerse. Estaba intentando descifrar el significado de esta pista. Los demás no sabían de la aparición del hombre, por ende, debía crear una hipótesis él solo. La historia era demasiado larga e irreal para narrar, solo con el propósito de recibir la ayuda de sus amigos. Era indudable que ese hombre lo ayudó. Aarón le pidió volver a casa y él intervino para que consiguiera encontrarla en su interior. A lo mejor no solo lo ayudó a sentirse como en casa, sino que también le ayudó a que volviera a ella, con un mensaje subliminal, que aparentemente no tenía significado, pero tras leer la frase, se convirtió en una pista. San Guillermo creó ese templo, además del de Vilaboreña para esconder la pieza. Escondiéndola en la iglesia sería fácil de encontrar, pero en un pasadizo secreto debajo de la iglesia sería más discreto. Por ello, Joaquín, aunque quemó la iglesia como excusa para poder llegar hasta el trozo de tabla, no logró su objetivo... porque no sabía la existencia de ese pasadizo. Eso significa que el extraño señor dijo esa frase para dar la pista de que la tabla estaba escondida donde está inscrita la frase "Jau op dibêrendu blacter quero lïgnambe ictenfrà". San Guillermo creó esa cámara subterránea con el altar, exclusivamente para guardar un trozo de la tabla, eso sí, dejó una pista de que ahí estaba escondida y Aarón la había descubierto. En esa sala anteriormente había habido mucha gente cuando el pasadizo funcionaba como archivos de la iglesia; sin embargo, Aarón fue el primero en reconocer la pista y descubrir que la mitad de la tabla estaba ahí, en el altar, junto a la inscripción. Quería compartir su hallazgo, pero antes hizo una reflexión interior que se guardó para sí mismo. ¿Quién fue el hombre que le reveló la pista? Había descubierto que era descendiente de San Guillermo, pues la piedra lo había elegido; tal vez, el extraño sujeto era su antepasado, San Guillermo...

—La tabla está aquí —reveló Aarón cuando salió de sus pensamientos.

Alba e Ignacio se extrañaron.

—La mitad de la tabla temporal está en este altar, San Guillermo dejó la inscripción como pista. Analizándola: "Dios es omnipotente, marca el pasado, presente y futuro", entendemos que Dios marca los tres tiempos, en otras palabras, Dios marca la tabla y él está representado en la escultura así que él es quien conduce a ella; también dice que Dios es omnipotente porque después de que la tabla no funcionara en el quinto viaje, San Guillermo comprobó que solo Dios puede controlar el tiempo. Traduciendo el mensaje sería "Ni siquiera la tabla puede controlar el tiempo, solo Dios puede hacerlo, y es él quien marca el camino a dicho objeto, pues es el presente, pasado y futuro".

Al instante lo entendieron. San Guillermo construyó esa galería secreta para esconder la mitad de la tabla temporal, más concretamente en el altar, y dejó como pista la inscripción. Pudieron averiguar el misterio gracias a la revelación del hombre misterioso. Lo difícil en ese momento era averiguar la forma de acceder a la tabla. Intentaron mover las piedras de la pared, pero era inútil. No sabían qué método usar para llegar hasta ella. Pasado un rato, comenzaron a replantearse que a lo mejor la tabla no estaba en el altar, sino en otro lugar, habiendo interpretado mal las pistas; no obstante, antes de darse por vencidos, la escultura se abrió, dando a conocer una especie de pozo o pasillo vertical con unas escaleras de madera. Ese pasadizo que bajaba hacia algún lugar, estaba oculto por la escultura, la cual se desencajó y se echó hacia adelante, activando alguna especie de mecanismo, cuando Ignacio traccionó de ella. Era increíble pensar que en esa sala había transcurrido mucha gente tiempo atrás, pero hasta ese momento nadie había descubierto ese secreto. Aarón, Alba e Ignacio fueron los primeros en encontrar el pasadizo vertical y la cámara a la que posiblemente conducía, oculto tras la estatua, desde que San Guillermo lo construyó para guardar la mitad de la tabla temporal. Antes de descender, debían encontrar al resto de sus amigos. Salieron de la sala y los hallaron cerca de la salida. Marcos ya estaba tranquilo y Alba no pudo esperar para contarles su gran hallazgo…

—Hemos descubierto que San Guillermo le pidió a la esmeralda negra como deseo que le concediera un objeto para viajar en el tiempo, la tabla temporal. Después la usó para regresar atrás en el tiempo y así volver a contar con otro deseo. Pero en su quinto viaje acumuló un poder negativo, por lo que partió la tabla y la escondió, una parte en Vilaboreña, que es el pedazo que trajo Marcos, y otra en este pasadizo. Sabemos dónde la escondió, pues dejó una pista en el altar de la cámara principal, debajo de una escultura de Jesucristo, que dice: "Dios es omnipotente, marca el pasado, presente y futuro". Ignacio descubrió que traccionando la escultura, se abría un pasadizo vertical, debajo posiblemente encontremos la tabla.

Todos se sorprendieron, tal vez estaban cerca de aquello que buscaban. No duraron ni un minuto en dirigirse hacia ese lugar. Todos se adelantaron y Aarón y Marcos se quedaron más atrasados. Marcos se disculpó.

—Perdóname, tu opinión de cómo usar la esmeralda es la correcta. Ya sabes que no lo he pasado bien y me puse nervioso, solo deseaba volver a casa.

Aarón le compartió la forma de encontrar en su interior su casa, de la misma forma que el hombre le enseñó a él. El momento fue emotivo, pero pronto llegaron a la sala. Alba les mostró el pasadizo vertical que habían descubierto y todos coincidieron en bajar por aquellas escaleras sin importarles lo que les esperaría abajo. Descendieron cuidadosamente por las escaleras de mano, uno detrás de otro. El hueco era profundo, pues no veían el final, solo veían un abismo oscuro. Cada vez que avanzaban, sus nervios aumentaban y el suspense de no saber qué habría o de que esas escaleras no terminaran, los inquietaba. Tras un rato bajando, Alba, que iba la primera, tocó suelo. Todos fueron bajando uno a uno hasta Aarón, que era el último y el que portaba la antorcha. Llegaron a una nueva sala, hecha de piedra. Allí se podía percibir una energía especial, algo que provenía desde otro lugar más lejano. La esmeralda empezó a brillar desde el bolsillo de Aarón. Al final, ambos objetos poseían un gran poder y se sentían atraídos por el otro. Comenzaron a andar sin saber muy bien a dónde ir o qué hacer. De pronto, un destello emergió de la sombra. Todo parecía desvanecerse. Una secuencia de visiones temporales los arrastró desde una escena a otra descontrolada y vertiginosamente, atravesando distintas épocas en unas realidades que parecían dibujarse. Intentaban mantener la compostura, pero había un torbellino temporal descontrolado de realidades ambiguas. Era incierto lo que les depararía.

CAPÍTULO 27
La ráfaga temporal

La ráfaga temporal les engulló en una espiral de visiones a través del tiempo. Les envolvió en una nebulosa de colores iridiscentes y brillantes. Las imágenes comenzaron a aparecer frenéticamente en una secuencia de escenas temporales. Todo duró escasos segundos, pero visualizaron cada escena detalladamente, tanto que casi se podían sentir dentro de ellas.

La primera imagen era un campo de batallas embarrado, donde el olor a hierba se podía percibir. Cerca de este, había una ciudad de calles estrechas y petrosas. Había majestuosos templos de paredes altas y columnas imponentes, en lo alto de la ciudad. Se sobreentendía que era una civilización politeísta y bastante antigua por las escrituras ideográficas de las paredes de los templos. Volviendo al campo de batallas de extensión llana y libre de asperezas. Había cientos de guerreros vestidos con una túnica de escasa longitud, aproximadamente hasta los muslos, cubiertos con una coraza en el pecho y grabas en las piernas. En la cabeza portaban un casco, en la parte superior de este, una gran ornamenta o cresta. A sus espaldas, lucían capas rojizas agitadas por el viento. Portaban un escudo inquebrantable y una puntiaguda lanza de bastante longitud. Numerosos guerreros aguardaban en formación defensiva, en la llanura externa de la ciudad. Por otro lado, enfrentados y a la espera de ataque, había otros cuantos miles de soldados de vestiduras de semejante índole. Se enfrentaron en el terreno empantanado cuerpo a cuerpo en una batalla bélica. La escena cambió repentinamente, ahora estaban en un gran salón que rezumaba opulencia y majestuosidad. Los techos eran altos y de ellos colgaban una serie de lámparas imponentes. La pared se dibujaba en tonos pasteles. En aquella sala abundaba el mármol y la elegancia. La luz natural atravesaba los vítreos ventanales y se proyectaba sobre los sublimes muebles ornamentados, de selectos materiales como mármol, marfil o maderas de tonalidad oscura. Una alfombra aterciopelada se extendía por el suelo. Adinerados visitantes disfrutaban de los lujos de la esplendorosa sala. La visión desapareció y surgió otra situación adversa, en un frente de batalla sobre una topografía ondulante y metamorfoseada a causa de las trincheras y cráteres formados por las bombas. Había artillería destruida en un escenario desgarrador donde yacían miles de soldados, otros miles convivían en una situación inmunda y decadente, entre ratas, microbios y el miedo, solo esperaban a ser atacados o recibir órdenes de atacar. Mantenían la guardia en su tensa espera, agotados en su refugio desde donde se oía una sombría sinfonía de estruendos transitorios. El temporal azotaba fuertemente las excavaciones cubiertas por una alambrada y sacos pesados de arena. Cuando la lluvia decidía inundar el terreno caótico, los soldados debían vaciar su hogar con sus cascos. El armamento y los vehículos avanzaban a la par que se estancaban. El sonido constante de disparos, sumado a las tonalidades apagadas y a los escombros de edificaciones o armamento despedazado del terreno, creaba un lugar desgarrador, violento y angustioso para aquellos que combatían. La secuencia pasó y surgió otra. Estaban en una bulliciosa calle del siglo XX. La oscuridad de la noche envolvía el ambiente evocador. Las farolas emitían una luz tenue y la multitud que solía transitar la calle no caminaba sobre el pavimento empedrado, únicamente iluminado por los destellos dorados de las farolas. En la calle, dos o tres transeúntes caminaban apresuradamente, generando un eco que resonaba en el silencio de la noche, componiendo una melodía rítmica al juntarse con el resoplido del viento. Aquellas personas con la mirada agachada iban vestidas con trajes y abrigos negros y con chisteras de copa. Creaban una figura enigmática y misteriosa. Algún coche de la época pasaba irradiando una despampanante elegancia. La ligera brisa nocturna agitaba las chaquetas de los caminantes de palabras mudas y de pisadas firmes, los cuales chapoteaban en el suelo recién mojado. Todo esto evocaba una sensación de misterio. El siguiente escenario que se plantó frente a los amigos era uno diferente al resto, peculiar en sí. Las calles resplandecientes y pulcras se extendían en un escenario vanguardista, con robots y coches digitalizados, ergonómicos e innovadores. Los edificios eran metálicos y empleaban recursos holográficos para crear una brillante sensación de futurismo y policromía. Todo estaba automatizado y los avances tecnológicos y científicos resolvían los problemas de la gente. A continuación, la espiral de tiempo desbocada se concentró en un solo punto, desapareciendo al completo y terminando con las visiones temporales, visiones que parecían haber sido fabuladas en la mente de cada uno. El poder de la tabla era incontrolable, tanto que se preguntaron por qué la mitad que albergaba la sala en alguna parte era tan poderosa para crear esos escenarios a diferencia de la otra parte, que no provocó esa reacción. La respuesta era fácil, la tabla contenía tanta energía que solo con percibir el otro pedazo a escasos metros generaba una reacción energética y de poder, por este motivo, los amigos temían. Si esa ráfaga temporal se había provocado solo por acercar las dos mitades, no sabían cómo reaccionaría la tabla cuando se uniera.

Continuaron andando, cada vez que lo hacían, la esmeralda brillaba con más potencia e incrementaba su fuerza. En un momento, Lara dio un paso traicionero y una piedra del suelo se desprendió y cayó hacia una fosa profunda. Algunas piedras estaban dispuestas de tal manera, que no tenían funcionalidad, sino que actuaban como una trampa. No sabían que San Guillermo había creado una trampa. ¿Para qué la necesitaba? Seguramente para que los malhechores malintencionados no adquirieran el poder del objeto presente en la sala. Tuvieron que cerciorarse de que cada pisada que daban, lo hacían sobre una piedra firme; para ello, antes de avanzar, golpeaban el suelo pedregoso, si sonaba hueco, no debían pisar ahí. La técnica fue efectiva. Avanzaron hasta llegar a un lugar circular sujeto por columnas. En medio de esa sala, había un pedestal. La esmeralda desprendió un brillo chispeante y cegante, desde el bolsillo de Aarón. La mitad que llevaban comenzó a ejercer fuerza en dirección al pedestal, como si fuera un gran imán atraído por un polo opuesto. Se aproximaron al pedestal, encima reposaba la otra mitad. Una fuerza de atracción aproximó las dos piezas y en un entorno lleno de energía y poder que surgía del encuentro de las dos mitades, la tabla se unió emitiendo un profundo destello vigoroso que les empujó hacia atrás. De pronto, nuevas escenas comenzaron a aparecer ante sus ojos, esta vez con mayor lucidez y fuerza. La primera visión fue chocante, se vieron a sí mismos en su añorado presente, el día que visitaron el castillo, con todos sus familiares. Surgieron muchas otras escenas que podría describir, pero si algo se ve muy bien, es que a los amigos les dieron igual las visiones temporales en un momento de descontrol energético. Pasaron varios segundos donde pudieron repasar la gran mayoría de la historia humana, incluso pudieron presenciar un momento prehistórico, donde algunos cavernícolas intentaban cazar a una presa o recolectar comida. Vestían con pieles animales, sus acciones y movimientos mostraban una forma de ser primitiva. Pintaban con sus manos ensangrentadas, las paredes y altos de las cavernas, en tonos carmines. La naturaleza se encontraba en su lado más salvaje y exuberante, dominados por bosques arbolados y llanuras agrestes llenas de maleza. Se respiraba un aire puro y limpio, sin verse afectado por la contaminación. Criaturas colosales se dejaban ver en el horizonte. En cuestión, la vida en su forma más elemental, también recordatorio de la evolución de la humanidad. También contemplaron ciertos acontecimientos de gran importancia como la concesión de premios científicos o la invención de algunos artilugios e inventos que conocemos en nuestro día a día, así como vacunas y otros avances relevantes en la historia. En una ocasión estuvieron en un pueblo atravesado por las vías de un tren de vapor, en medio de su auge industrial. Otro escenario de sumo interés para los amigos fue otra escena familiar, pues no era de un momento muy alejado a la época en la que se encontraban, tal vez hace algunos meses, donde se contemplaba la expansión del Rioviejo medieval, donde seguían viviendo. La ráfaga de poder descomunal se concentró en un solo vértice, la tabla. Parecía que esta había concentrado todo el poder disperso, en su interior. Después de esa experiencia sintieron una sensación de ligereza y libertad, no se sentían oprimidos, sino que parecía que la tabla, en su recolecta de poder, también había arrastrado las energías negativas de los allí presentes. Alba sostuvo la tabla, pesaba más del doble de lo que pesaba la mitad. Es una incongruencia en sí misma, porque el peso de la tabla debería resultar el doble del peso de una mitad, pero parecía que por alguna razón que no podrían llegar a entender, la tabla aguardaba una mayor cantidad de masa. A lo mejor se daba por haber retenido mucho poder, pero esto no es algo físico, no tiene masa, por lo cual deriva a la siguiente pregunta: ¿el poder pesa? Algo que resultaba extraño, dado que la energía no tiene peso, pues no ocupa espacio. Decidieron no darle más vueltas, era una cuestión de poder y por mucho que lo intentaran, no llegarían a comprenderlo.

La siguiente decisión que tomaron tras recuperarse del *shock* fue llamar a Elías, el adivino que les recomendó encontrar la tabla, para que les asesorara sobre cómo usarla. Decidieron que solo saldrían dos personas, esta vez fueron Aarón y Marcos. Era importante apresurarse y esconder un objeto misterioso alrededor de un grupo de jóvenes en busca de un adivino; no solo resultaba sospechoso, sino que también retrasaría la encomienda, por ello, solo irían dos personas. Aarón y Marcos salieron del pasadizo, preservando la tabla, y seguidamente de la iglesia. Aceleraron el paso y antes de ir a casa de Elías, Aarón insistió en que antes necesitaba algunas cosas de su palacio. En este, todavía estaban los nobles de visita, por lo que sería Marcos quien entrara a recoger el encargo.

—Todo el servicio está de fiesta, si entras discretamente no se darán cuenta.

—Si es tan sencillo entra tú, conoces mejor la casa —propuso Marcos como respuesta al plan de Aarón.

—No es tan sencillo, si entro yo, cualquiera me reconocería; en cambio, si te ven a ti, pensarán que eres un soldado, pues tu ropa lo demuestra.

Marcos accedió y Aarón le explicó lo que necesitaba y dónde podría encontrarlo.

—Subiendo las escaleras del patio interior y avanzando por el corredor, en la cuarta puerta encontrarás mi despacho. Necesito que me traigas el cofre de mi escritorio, el anillo que hay encima del mueble próximo a la ventana y lo más importante, un pergamino, una pluma y tinta de mi escritorio.

—¿Para qué quieres papel y tinta? —Marcos preguntó sin esperar una respuesta.

Marcos cumplió sin rechistar. La entrada no estaba vigilada, por lo que entró discretamente, subió las escaleras del patio tras cruzar el recibidor y siguiendo las instrucciones de Aarón, llegó a su despacho sin ser descubierto por nadie. Se aprovisionó de todos los objetos requeridos por su amigo y salió con la misma delicadeza con la que entró. Bajó las escaleras y en el patio, la baronesa de Angaque, mujer de Joaquín, le sorprendió. Al verle cargado con objetos valiosos como un cofre con monedas o con un anillo, perteneciente al señor de la casa, allí mismo le acusó de ladrón y antes de formar un escándalo y advertir al resto de los visitantes, Aarón entró desde la calle, en defensa de Marcos.

CAPÍTULO 28
Estrategia

—Le he ordenado yo que entrara —dijo Aarón de cara a la baronesa.

—¿No estabais en un compromiso? —descubrió la mujer.

—He vuelto a recoger algunas cosas necesarias —intentó excusarse el joven vizconde.

La baronesa no se creía sus excusas y sabiendo que estaban arruinados y embargados debido al apresamiento de su marido, quiso extorsionar al anfitrión.

—¿No querréis que el resto de los invitados se enteren de que mentisteis para huir de vuestras obligaciones como anfitrión?

Al joven no le importaban sus chantajes porque dentro de poco regresaría al presente, pero por no manchar el renombre que se había ganado ni afectar a don Pelayo por encubrirlo, continuó con el juego.

—¿Qué proponéis?

—Que indultéis a mi marido y que los cargos se le sean retirados. —Aunque no estaba muy conforme con su matrimonio y había sido amable en el anterior encuentro con Aarón, esa vez era malvada y pedía la libertad de su marido, no por encontrarse con él, sino porque añoraba el lujo y el dinero que había perdido, por ello su personalidad cambió drásticamente.

Aarón tuvo que acceder para que no afectara a Pelayo, pero modificando las condiciones.

—Ni siquiera me agradó que vinierais a mi fiesta, sé que vuestra avaricia es la única razón que tenéis para pedir el indulto de vuestro marido. Como solo os interesa el dinero y yo no puedo soltar a un delincuente, vos recuperaréis vuestro palacio y vuestros bienes.

La avara baronesa salió del palacio después de que Aarón dejara por escrito con tinta en una parte del pergamino que Marcos traía los criterios del trato.

—Ha sido un placer pactar con vos y también asistir a la fiesta, aunque no os agradara. Id con Dios —se despidió la mujer.

Después, Marcos y Aarón abandonaron el palacio indignados. Continuaron con su trayectoria y llegaron a la casa de Elías Cohen, llamaron enérgicamente a la puerta, pero nadie los recibió.

—No os abrirán —dijo un transeúnte que pasaba.

Ambos preguntaron al extraño sujeto el motivo de su augurio, este contestó que Elías había enfermado gravemente. Aarón y Marcos se entristecieron, pero realmente necesitaban de su ayuda, no sabían cómo usar la tabla temporal, tal vez podrían acabar envueltos en la seriedad de los viajes temporales. El etéreo deseo de regresar a sus hogares les hacía insistir en su incesante afán por encontrar a Elías, aun comprendiendo su situación. Después de una eterna demora, alguien abrió la puerta sutilmente, era una chica que se presentó como la hija de Elías Cohen. Aseguró que su padre reposaba enfermo en la cama y que le sería imposible reunirse con ellos, al menos eso creía la joven. De pronto y sin esperarlo, su padre se acercó hacia la puerta, con el rostro pálido y con andares inestables.

—He sentido el poder de la tabla cuando la juntasteis. ¿Es cierto que veníais por eso?

Las habilidades adivinatorias del pitoniso seguían siendo sorprendentes, había revelado un acontecimiento pasado del que no tenía constancia, como fue la unión de la tabla.

Su hija insistió en que regresara a la cama, pero él defendió su criterio de acompañar a los dos amigos para ayudarlos. Le costaba sostenerse en pie, así que iría sujeto por un bastón; además, repentinamente había recuperado la vitalidad que la enfermedad le había arrebatado. Algunos que gocen de conocimientos médicos podrían pensar que este fenómeno es el llamado "lucidez terminal", que se da cuando un enfermo en estado grave se recupera repentinamente, aunque esté en fase agónica, antes de morir; pero en este caso era el poder de la tabla lo que le impulsaba a seguir. La hija de Elías determinó sus condiciones, su padre saldría, pero acompañado por ella.

—De acuerdo, pero voy a tratar algo difícil de comprender para cualquiera, es mejor que me esperes fuera del lugar, cuando cumpla con mi cometido, saldré y regresamos a casa.

De esta manera, los cuatro marcharon hacia la iglesia de San Guillermo. Antes de salir, Aarón les dijo si podía escribir una carta mientras los demás se preparaban para la salida. De esta manera, dejó el cofre en manos de su amigo Marcos y usó la pluma y el pergamino para redactar un escrito, que después guardó en el pequeño recipiente, junto con la pluma y el anillo que también extrajo Marcos del palacio.

No tardaron mucho en ponerse en camino. Atravesaron con dificultad todas las calles, pues el festejo proseguía y la gente se amontonaba para bailar y disfrutar de todo aquello que la fiesta ofrecía.

En medio de ese ambiente de alegría y celebración, algunos soldados acudían al palacio a paso alzado, sofocados y nerviosos. Antes de llegar al palacio, se encontraron con Aarón en mitad del bullicio.

—Mi señor, suerte es que lo encontremos. Acaban de desembarcar numerosas galeras en el puerto del feudo vecino, cientos de soldados parecen dirigirse hacia aquí. Por sus rostros diría que no parecen contentos, sino enfurecidos.

Aarón comprendió quiénes eran y miró a Marcos confuso.

—Decías que los soldados llegarían mañana.

—No sé lo que ha debido de pasar.

Si aquellos soldados vengativos llegaban a Punta Herrero en busca de Joaquín, formarían el caos en medio de las celebraciones y el conflicto se agravaría después de encontrarlo, pues el barón no estaría dispuesto a revelar el nombre de su jefe. Debían detener el desbarajuste futuro. El puerto estaba distante, en otro feudo de los alrededores, ya que Rioviejo estaba separado algunos kilómetros del mar. Por la lejanía del puerto, concluyó que los soldados tardarían algún tiempo en recorrer el trecho que los separaba. Tal vez había suficiente tiempo para que las fiestas terminaran, pero era improbable debido a que ese tipo de festejos encontraban su terminación casi al amanecer. Los soldados no se aproximaban con fines belicosos, por lo que Aarón emitió la siguiente orden tras idear un plan.

—Si llegaran a alcanzar la delimitación de Punta Herrero, no ejerzáis resistencia contra ellos, aunque yo me encargaré de que les sea difícil llegar.

Marcos preguntó intrigado cómo evitaría el acercamiento de los soldados.

—Si vienen buscando algo, yo se lo facilitaré.

Antes de ejecutar su plan, distribuyó a los allí presentes. Elías continuaría yendo a la iglesia acompañado de su hija. Teniendo en cuenta que la debilidad de sus piernas le impedía andar de manera precipitada, se encontrarían con Aarón y Marcos después de cumplir con el plan, a puertas de la iglesia. Aunque estos se ausentaron, su paso era acelerado y les daría tiempo a cumplir con su enmienda en el tiempo en el que Elías llegaba hasta el lugar, andando sosegadamente. Cumplieron con el acuerdo y Elías continuó con su trayectoria paulatinamente, dando cuidadosamente un paso detrás de otro, apoyándose con sus piernas temblorosas y bastón como único sustento, además de la atención de su precavida hija, quien le agarraba de la espalda evitando que se desestabilizara y cayera al suelo. Aarón y Marcos condujeron sus pasos hasta la cárcel, donde buscaron la celda de Joaquín y Diego. Los pasos de Aarón lo condujeron sistemáticamente, pues ya había recorrido ese camino varias veces. Abrió la puerta y les contempló sentados. Estaban faltos de cordura y parecían somnolientos. Ninguno de los dos se alegró por verle después del último engaño.

—Otra vez aquí, los animales rastreros no deberían frecuentarnos tanto si después nos van a engañar con falsas promesas y sucias palabras embellecidas —pronunció Joaquín desesperado.

—Espero que su excelencia esté disfrutando de su fiesta, nosotros también estamos disfrutando mucho de la comodidad de la mazmorra que el ilustrísimo vizconde de un feudo regalado nos ha concedido como casa —ironizaba Diego.

—Sois responsables de vuestras conspiraciones, pero me reitero en mi advertencia, no os mentí, están viniendo hacia aquí los soldados. Como bien he dicho, todo se quedó en conspiraciones, así que como único castigo ya quedan vuestras propiedades embargadas, os voy a liberar. Hay un barco en el puerto del feudo costero, que zarpa esta noche hacia Vilaboreña. Si esperáis un año, vuestros delitos quedarán prescritos y no seréis prófugos —propuso Aarón.

—¿Cómo podemos cerciorarnos de que esta no es una de tus estratagemas? —preguntó Diego.

—Porque sois libres, si después comprobáis que no había ningún barco, lo cual no es cierto, seguís siendo libres —explicó Aarón.

—Entonces, si quieres nuestra libertad, indúltanos para que no seamos prófugos de la justicia —exigió Joaquín.

—No lo entendéis, yo no os quiero liberar, pero hacia aquí están viniendo centenares de soldados que os buscan. Si llegan hasta mi feudo, formarán un caos total, que se puede evitar si vosotros "misteriosamente os escapasteis", porque yo no puedo dejar salir a dos presos. Nadie creerá que os dejé escapar, pues pensarán que fue un plan vuestro para deshaceros del apresamiento. Después de un año vuestros delitos prescribirán y volveréis a ser ciudadanos libres. Es un acuerdo de intereses, yo evito que arrasen mi feudo y vosotros recuperáis vuestra añorada libertad. Es el momento perfecto para vuestra huida, todos festejan y no se darán cuenta. Aquí solo os esperan cosas malas —les convenció Aarón.

Ambos salieron por la puerta que Aarón dejó abierta. Los dos huyeron convencidos y sin remordimientos.

Marcos entendió la estrategia de Aarón, pues él no dejaría que dos delincuentes se escaparan.

Los había mandado al puerto para escapar en un supuesto barco, pero de ese mismo lugar venían los soldados, por lo que era inevitable que se encontraran. Así se aseguraba de que los soldados no llegaban a alcanzar el feudo, ya que si encontraban a quien buscaban a mitad de camino, no necesitarían acudir hasta el destino final, y de que los dos delincuentes no huían. Ya allí, ajustarían cuentas sin que Punta Herrero se viera involucrado.

—Muy ingenioso, los has entregado a los que los buscaban para que así no lleguen al pueblo, pero ¿quién te asegura que te harán caso e irán en busca del supuesto barco que les has recomendado y no a otro lugar? Si no te hacen caso y no van al puerto, no se encontrarán con los soldados, por lo cual habrías liberado a dos delincuentes y no habrías detenido la llegada de los guerreros —expresó Marcos intranquilo.

—No te preocupes por eso, te aseguro que irán al puerto, no les queda más remedio. Ahora son prófugos de la justicia y si los encuentran los ejecutarán, por lo que tienen que escapar durante un año para que sus delitos prescriban —tranquilizó Aarón.

Se dirigieron hacia el lugar acordado, a la iglesia, pero antes de llegar se tendrían que enfrentar a otra complicación. Cuando por fin creían que solo les quedaba llegar y dar uso a la tabla para abandonar esa época, otro acontecimiento los asaltó. Esta vez sería un problema que tendrían que resolver Aarón y Marcos por separado. A mitad del trayecto, pasando frente al palacio, la baronesa de Angaque esperaba fuera, con el propósito de encontrar a los niños. Cuando los avistó pasando velozmente para desplazarse hasta la iglesia, los señaló y tres caballeros los embistieron y capturaron, mientras tanto la infame baronesa emitió una sonrisa maliciosa y decía para sí misma con perversión: "Atrapados".

CAPÍTULO 29
Atrapados

Aarón apareció en un lugar diferente, maniatado a unos grilletes. El lugar parecía ser una especie de mazmorra según la percepción de los ojos de Aarón, quien se encontraba desconcertado y mareado. Lo segundo de lo que se percató fue de que Marcos no estaba con él. De un momento a otro la puerta se abrió emitiendo un chirrido agudo. Las pisadas de la persona que se aproximaba hacia Aarón formaron un eco prolongado en el espacio diáfano donde el vizconde se encontraba retenido. Aarón no pudo apreciar la figura de la persona hasta que estuvo lo suficientemente cerca de él. Era predecible, la baronesa era quien estaba detrás de ese secuestro. Lo primero que Aarón preguntó fue "¿Dónde está Marcos?". La baronesa evitó responder a su cuestión, de tal manera que Aarón se inquietó. La mujer únicamente quería estresarlo y enfadarlo para obtener el control sobre él, pero Aarón ya conocía ese juego, pues su marido quiso conseguir el mismo resultado, hasta que se invirtieron los papeles; por ello, el muchacho no se dejaría influenciar. La baronesa se negaba a responder a las preguntas de su víctima, por este motivo, Aarón decidió no seguir hablando. Esa estrategia dio un resultado positivo. La baronesa no pudo evitar la incomodidad del silenció e inició una conversación, manteniendo su figura de villana.

—Tu amigo Marcos ha sido detenido. Las autoridades lo pillaron portando un cofre que no le pertenecía, tal vez alguien lo ha denunciado. —Era evidente que había sido ella por el tono mefistofélico que puso al pronunciar las últimas palabras.

—Habíamos llegado a un acuerdo —recordó Aarón manteniendo la compostura.

—Supongo que los tratos se rompen cuando uno de los dos incumple los acuerdos establecidos.

Aarón no comprendía lo que había hecho hasta que otra persona entró. Era Joaquín, en él también se dibujaba una perturbadora sonrisa.

—Si creías que iríamos al barco estabas muy equivocado. Tenía constancia que desde ese mismo puerto llegaban los soldados en mi búsqueda, por lo que nos engañaste con la finalidad de preservar la integridad de tu feudo, ofreciéndome como presa a mis depredadores. Todo te ha salido mal, finalmente tú sales perdiendo y yo ganando. Yo escaparé y tú esperarás a que arrasen Punta Herrero en mi búsqueda.

En el lugar de Aarón, cualquiera se hubiera enfurecido, pero él se mantuvo tranquilo.

—Me alegro de que cooperéis por un fin común. En repetidas ocasiones, la baronesa me aseguró que te repudia, incluso los acuerdos del trato eran en beneficio de ella. Puedes leer el manuscrito, se expresa de forma clara que la baronesa recupera tus propiedades mientras tú permaneces en la cárcel. Me alegro de que hayáis solucionado vuestras diferencias.

Ambos se miraron y la baronesa, nerviosa, quiso desmentir algo que era cierto, pues vosotros recordaréis el odio que la mujer tenía por su marido, al haberse casado por conveniencia.

—No lo creas, está mintiendo.

—De hecho, no lo hago. Revisa el escrito del acuerdo para aclarar las dudas. Pero repito, me alegro de que estéis otra vez bien, si es que en la poca vida marital que lleváis, lo habéis estado en algún momento. Sois tal para cual, cada uno más malvado que el otro.

Esto creó un conflicto entre ellos dos. Joaquín no sabía que su mujer estaba descontenta con su matrimonio y que sentía sentimientos negativos hacia él, por lo que Aarón acababa de estallar la discordia entre ambos. No pudieron continuar con la conversación. Joaquín estaba indignado y abandonó la sala para comprobar en el acuerdo si aquello que Aarón decía carecía de verdad como aseguraba la baronesa o por el contrario era cierto. La mujer lo siguió, tal vez para evitar que leyera o encontrara el pergamino.

Por los ruidos externos, Aarón intuyó que estaba en la residencia de los barones, del mismo modo, los caballeros que lo habían secuestrado eran asalariados de los barones.

Mientras tanto, Elías Cohen ya había llegado a la entrada de la iglesia. Estuvo un rato esperando junto a su hija, pero al ver que Marcos y Aarón no llegaban, entraron. Dentro esperaban el resto de los amigos.

—¿Elías? —se preguntaba Alba al ver la sombra del que parecía ser el adivino.

Este es uno de esos momentos donde se encuentran historias paralelas, que parecen juntarse, pero realmente estaban en espacios diferentes. Los amigos permanecían dentro del pasadizo y Elías en la puerta de la iglesia, por lo que la figura que Alba logró entrever mientras todos esperaban a Marcos y a Aarón era la de unos caballeros, mismos caballeros que detuvieron a Aarón. Los amigos intentaron huir por el túnel, pero no lo consiguieron; en cambio, los capturaron y se los llevaron. Elías seguía esperando en el portón, pero nadie llegaba. Mientras tanto, Ignacio, Alba y Lara intentaban escapar de esos soldados, pero la fuerza de aquellos caballeros los inmovilizó y no pudieron impedir que los desplazaran a otro lugar. Alonso consiguió librarse, los soldados no le vieron y tuvo la ocasión de esquivar la situación.

Volviendo a la mazmorra de Aarón, Joaquín entró por la puerta de la sala donde Aarón estaba retenido en contra de su voluntad.

—Todo era uno de tus trucos, pero ya me he cansado. Solo quiero una cosa y bien sabes qué es.

—No lo sé.

Joaquín siempre había sido malvado, desde que le conocieron en la taberna como tabernero, hasta ese momento como barón.

—Sí sabes qué es. Solo te lo diré una vez más. ¿Dónde está la tabla? —exigía Joaquín lleno de ira.

—Qué tabla, conozco muchas… —Aarón vacilaba, pero el tabernero lo interrumpió enfurecido.

—¡Deja ya de bromear! Sabes qué tabla es… —Aarón se quedó callado, esa vez tomó sus advertencias en serio, enfadado parecía temible— Sabía que no me lo dirías, así que te he traído algo, digamos que es un regalo para convencerte.

El barón dio una orden y los caballeros condujeron a Ignacio, Alba y Lara hasta la sala, junto a Aarón.

—¡Aarón! Estás bien —exclamó Alba.

—Pronto dejará de estarlo como no me digáis dónde está la tabla —pronunció maliciosamente Joaquín.

—¡Papá! Déjalos en paz —gritó Ignacio.

Todos se quedaron impresionados tras descubrir que Ignacio llamó a Joaquín: "Papá". Preguntaron por qué había dicho tal cosa.

—¿No os lo ha contado? Sí, soy su padre, pero es un hijo bastardo. Renegué de él, por ende, lo dejé en la orden de caballería.

Aun así, le tenía cariño, por eso Ignacio les recomendó la taberna en su nombre cuando se conocieron, y por eso el tabernero les dejó quedarse. Joaquín dijo textualmente: "Aprecio asaz a ese muchacho, y estaría dispuesto a hacer rebajas a quien viene en su nombre". Aunque renegó de su hijo Ignacio, lo apreciaba mucho porque era muy talentoso, pero su relación se enturbió cuando comenzó a ser amigo de ellos.

—Papá, aunque no querías que fuera tu hijo, siempre has sentido afecto por mí como persona. ¿Por qué repentinamente todo cambia? —declaró Ignacio.

Su padre, el tabernero, le dejó claro lo que pensaba.

—No me importabas tanto como para arriesgar todo por lo que he luchado. Tus amigos se han entrometido en mi vida y con ellos tú.

Ignacio estaba decepcionado pero quiso seguir insistiendo para ayudar a sus amigos.

—Deja que mis amigos se marchen, aunque solo sea por esos momentos en los que sí te importaba.

—No hasta que me den lo que es mío. Es por su bien, como se entere Alonso Mena, las consecuencias serán graves.

No tenía mucho tiempo, pues debía escapar antes de que vinieran los soldados reclamando venganza.

Los amigos solo podían preguntarse: "¿Por qué Ignacio había ocultado que el tabernero era su padre?".

Ignacio les respondió que tenía miedo a su reacción, ya que Joaquín había sido el antagonista de sus vidas en la Edad Media. El barón estaba demasiado molesto.

—Por última vez. ¡Dadme la tabla!

Joaquín creyó por un momento que alguno de ellos la ocultaba, así que los registró, pero no obtuvo suerte. Al borde del colapso por enojo y antes de que pudiera tomar decisiones desacertadas, fruto del enfado que experimentaba en ese momento, un grupo multitudinario de gente irrumpió en el palacio de los barones, encabezado por Marcos. Llegaron a la sala, y como él había escuchado parte de la conversación mientras se aproximaba a la mazmorra, nada más entrar, dijo enseñando la tabla:

—¿Buscabas esto?

Numerosos soldados asaltaron cada rincón del palacio hasta llegar allí, guiados por Marcos, donde capturaron a Joaquín. Cuando Marcos consiguió apresar al vil y despreciable tabernero, liberó a sus amigos y les contó cómo había llegado hasta allí.

—Después de que nos apresaran en la plaza, me llevaron a la cárcel, acusado de robar el cofre que me diste, que por cierto lo traigo conmigo. Los soldados de la guerra a los cuales informé me encontraron en la cárcel mientras buscaban a Joaquín. Resulta que unos carros aceleraron su tiempo de llegada. Seguidamente, los conduje hasta aquí, porque cuando te secuestraban, pude ver de reojo al tabernero, que te dirigía por el camino que lleva a su palacio.

Todo había salido bien. No duraron ni un segundo en plantearse abandonar la residencia de los barones, para llegar a la iglesia. Antes de irse escucharon decir a Joaquín mientras se lo llevaban:

—Esto solo ha sido el principio. Diego sigue libre y a estas alturas ya habrá avisado a Alonso Mena, pronto las consecuencias serán terribles.

Esas palabras los dejaron algo preocupados, por lo que decidieron que sería buena idea cerciorarse de que Diego no tomaba medidas contra ellos, impidiéndoles ejecutar su plan de vuelta a casa. Sabían que Alonso Mena era el segundo al mando de la orden caballeresca, según la leyenda que escucharon meses atrás en la visita a la fortaleza. Si no creían mal, debían ir al castillo, pero era muy arriesgado y retrasaría demasiado la misión, por lo que acompañaron a los soldados que retuvieron al barón. Tal vez, en su interrogatorio descubrirían dónde encontrarlo, pues eso era lo que buscaban aquellos que lo capturaron. Los siguieron y vieron cómo le dejaban atado en una silla del salón principal. Todos los que venían revolucionados por aquel que los había obligado a combatir después de que la guerra finalizara, comenzaron el interrogatorio: "¿Para quién trabajas?", "¿Quién es ese que nos obligó a combatir mientras buscabais algo en esas tierras?"… eran algunas preguntas que hacía la multitud. El acusado se negaba a responder, pero los amigos comenzaron a hablar.

—Alonso Mena es el hombre que buscáis. Nos ha revelado el nombre, pero no dónde está —declaró Aarón.

Era imposible sonsacar a Joaquín; por lo tanto, lo retuvieron para llevarlo ante las autoridades. Ya tenían el nombre y él era un prófugo. "No quieres hablar más, es suficiente, ahora te llevaremos ante las autoridades, nos han hecho saber que eres un delincuente". Antes de que le apresaran, Joaquín miró fijamente a su hijo Ignacio, y confesó como acto de amor fraternal:

—Han descubierto el pasadizo, por eso os capturaron allí. Ellos están allí y os esperan: Mena, Diego y sus caballeros, aguardan hasta que volváis para tenderos una trampa y hacerse con la tabla.

Esto fue una gran revelación. Ignacio sonrió y su padre le devolvió la sonrisa. Se lo llevaron y los amigos tuvieron que pensar en un plan factible ante las nuevas condiciones que habían surgido. Tenían que ir preparados para hacer frente a Mena y a sus secuaces. Podría haber cientos de soldados esperando en el pasadizo para capturarlos y conseguir la tabla, no podían ir solos, así que hicieron lo siguiente: después de que los soldados entregaran a Joaquín, Marcos los avisó y les reveló el lugar donde posiblemente se encontraba Mena. No dudaron en acompañarlos y hacerle frente. Aarón avisó a sus guardias. Tenía que arriesgar su honor, porque los nobles que celebraban en su palacio lo verían, pero se arriesgó y llegó diciendo que le había surgido un problema. Reunió a todos sus soldados y les dio órdenes de ir al encuentro de estos adversarios. Los nobles no le echaron en cara reaparecer después de dejar su puesto de anfitrión, es más, lo apoyaron y muchos de ellos le ofrecieron a su escolta para ayudarlo en su misión. De esta manera, una gran cantidad de soldados atravesó el pueblo para llegar al pasadizo. Esto no arruinó las fiestas, pues parecía un desfile de caballería, la gente creyó que era un espectáculo más.

Todos entraron en el pasadizo precavidamente, Aarón comprobó que Elías y su hija no estaban en la puerta. Pensó que se habían ido, su amigo tampoco estaba. Alba comunicó que él huyó del asalto, pero que no sabía dónde podría haberse escondido. Los soldados recorrieron el pasillo sin lograr ver a nadie. En medio de todos los soldados, iban los amigos. Al principio no parecía haber nada raro, pero la primera trampa se dejó ver. Eran unas simples redes de cuerda y unas piedras que obstruían parcialmente el camino, que a la vez bloquearon la entrada del lugar. Ahí mismo los soldados de Mena se abalanzaron contra todos los que allí había. Aarón y los demás ganaban en número, pues en total serían unos 40, en comparación a ellos, que solo eran 20 caballeros aproximadamente. Comenzaron a atacar, pero no se esperaban el gran número de personas que acudirían. En la galería principal, se dio un combate donde intentaron neutralizar los ataques de los mismos caballeros que fueron reducidos por el gran torrente de soldados a disposición de los amigos, que confluían por el pasadizo. Al final resultaron victoriosos en el enfrentamiento. Los caballeros posicionados del lado de Aarón detuvieron a Diego, este se enfrentaría a todos sus delitos. Mena consiguió escapar mientras se daba la disputa, aun así, no se entrometió en la misión de los amigos. Después, todos los soldados salieron del túnel subterráneo para celebrar su victoria en las fiestas del pueblo. Aarón quiso recompensar la ayuda de todos ellos, por ende, sacó un doblón para entregarlo a quienes habían brindado su apoyo. Ese pequeño cofre, no más grande que una caja de zapatos, contenía una gran fortuna en monedas.

Después de la agitada noche, por fin un rayo de esperanza les iluminó. Aparentemente ya no había nada que se interpusiera en su tarea, solo debían seguir las instrucciones del adivino y regresar a su hogar. Tenían tan cerca su esperado momento, que era como una brisa celestial recorriendo sus mentes. Tranquilamente y sin prisa, salieron del pasadizo con el objetivo de encontrar al adivino y a su amigo. No había nadie fuera y decidieron esperar. Hicieron bien, pues al rato la figura de su amigo se dibujó en la lejanía, entre la bulla de la fiesta. Por su cara no parecía traer buenas noticias, tenía miedo de que fuera otra complicación para su plan de regreso. A su lado iba la hija de Elías Cohen, quien, por su cara afligida y pesadumbre al andar, se intuía lo que podría haber pasado. Los ojos de la chica eran cristalinos, parecía abatida y sus facciones eran funestas. Se acercaron poco a poco y allí se encontraron con el resto. Ninguno de los dos tenía palabras, mayormente la hija de Elías, por lo que Alonso tuvo que hablar para romper el suspense.

—Elías ha fallecido.

CAPÍTULO 30
Las despedidas

En este punto, la historia cada vez se acerca más a su final, como el de Elías. Dadas las circunstancias, sí que su fenómeno podría parecer lucidez terminal.

Cada uno tiene su propio final de la historia de nuestra vida, lo importante no es dónde se sitúa o cómo acontece, sino cómo ha transcurrido la historia y como has aprovechado cada momento que la vida te ha regalado. Elías había tenido una vida plena y al llegar sus últimos momentos, solo podía sonreír, satisfecho por haber vivido al máximo. Es una importante lección de vida. Hay que darse cuenta de que cada minuto que pasas jamás se podrá repetir. En esos momentos, todos piensan que un minuto perdido no es nada, pues hay muchos otros, pero cuando se te acaban los minutos, es cuando te das cuenta de todos los que desaprovechaste. Seguro que has oído el dicho "Uno no sabe lo que tiene hasta que lo pierde" pero yo diría "Uno no sabe lo que tiene hasta que lo pierde, pero el que ya lo ha tenido, no puede perder nada".

La hija de Elías dijo alicaída y dejando brotar lágrimas de sus ojos:

—Creo que vuestro caso era muy importante para mi padre, porque le dio fuerzas para salir de la alcoba y porque hasta en sus últimos momentos, insistió en ayudaros. Antes de perecer, me pidió que os transmita lo siguiente.

"Para usar la tabla, debes estar en el lugar donde la hallaste; después, todos los integrantes que desean viajar deben poner su mano encima de ella y fusionar sus pensamientos en uno solo. Deben visualizar el día y año al que quieren transportarse. Si todos están pensando en la misma época, la tabla los conducirá hasta allí".

Todos presentaron sus condolencias a la hija. Sabían que Elías había sido muy buena persona y que en la tierra dejaba sus recuerdos y enseñanzas.

Antes de que la hija del difunto abandonara el lugar, Aarón pidió que esperara un momento, y sacó unas monedas del cofre.

—Tu padre nos dijo que solo cobraba si conseguía ayudarnos, ya lo ha hecho, aquí está su pago.

Su hija lo agradeció, pero se negó a tomarlo.

—Si esto era tan importante para mi padre como para recordarlo hasta la muerte, el pago ya está saldado.

—Insisto, al sitio al que voy, no lo necesito.

Finalmente, la hija de Elías cogió el dinero y se marchó, llena de melancolía.

Después de todo, cada vez veían su objetivo más cerca. Todos entraron con el fin de completar lo que debían hacer. Antes de bajar, no era seguro que Ignacio los acompañara, por el poder que liberaría la tabla. Así que eso parecía una despedida.

—Aquí se separan nuestros caminos. Has sido un gran amigo y apoyo para nosotros. Quiero que te quedes con este dinero… —decía Aarón mientras sacaba varios sacos con monedas del cofre—. Aun así, no es suficiente pago por todo lo que has hecho por nosotros, te estaremos eternamente agradecidos. Allá a donde vamos, tú ya no existes, pero siempre perdurarás en nuestros recuerdos. Agradezco el día en el que aparecimos en tu habitación por haberte conocido. No tengo más palabras, excepto gracias, muchas gracias por todo, siempre te recordaremos como un gran amigo que pasó por nuestras vidas. Adiós, Ignacio.

Todos se abalanzaron para despedirse con un abrazo, esa sería la última vez que verían a Ignacio, era triste, pero querían recordarlo con felicidad, felicidad por todos aquellos buenos momentos que estuvieron en su compañía. Era inevitable que sus ojos no derramaran lágrimas, pues las despedidas son difíciles. Cuando se dieron la vuelta y se dispusieron a bajar al pasadizo, Aarón debía despedirse aún de alguien. Junto con el cofre, salió corriendo. Buscó desesperadamente por la plaza y por los alrededores del palacio, hasta encontrarse con don Pelayo.

—Don Pelayo, al fin te encuentro, quería despedirme de ti. Me voy a otro lugar, muy lejano, lo más probable es que nunca vuelva. Antes de marcharme, quisiera despedirme y darte las gracias por todas las oportunidades que me has brindado y por todo lo que me has ayudado. Gracias. Hasta siempre.

El momento conmocionó al conde.

—Gracias a ti, Aarón, por aparecer y solucionar todos mis problemas. Siempre te consideraré como un hermano. Adiós.

Aún no podía irse, faltaba solo una persona a la que ver antes de partir, la hermana de Pelayo. Este dijo al muchacho que estaba cerca del carro, pues ya se iba a dirigir al palacio. Aarón corrió como si fuera la última oportunidad para verla. El joven la vio a lo lejos, se estaba montando en un carro y se disponía a marcharse. Antes de eso, Aarón gritó diciendo "¡Espera!". La joven lo vio y se bajó, estaba extrañada, pero Aarón comenzó a hablar.

—Me debo ir para siempre, pero antes, he de contarte la verdad. Sé que tú lograrás comprenderlo. Vivía en el siglo XXI, hasta que por una serie de circunstancias acabé aquí, en el siglo XIV. Ahora, tenemos una oportunidad de volver a nuestra época, muchos siglos adelante. Ahí, tú ya no existes, por eso debía verte y despedirme antes de irme. No me arrepiento de haber viajado, porque una de las mejores cosas que he hecho ha sido conocerte, como a muchas otras personas que han sido especiales para mí en este periodo de tiempo: tu hermano, Elías, Ignacio… Me cuesta dejaros aquí, pero añoro mi hogar y debo volver con mi familia. Me comprometieron contigo, y eres la única persona con la que imaginaría un futuro. Este iba a ser nuestro anillo de compromiso, quiero que te lo quedes para que me recuerdes cada vez que lo veas… —decía mientras le colocaba el anillo—. Desde el primer momento que nuestras miradas se cruzaron en el desfile, sentí algo especial. He podido comprobar en este tiempo que eres una persona con quien contemplaría un futuro. Muchas gracias por todos los momentos que me has regalado, no podré dejar de estarte agradecido, a donde vaya. Siempre te llevaré conmigo, me aferraré a cada recuerdo donde tú estabas presente. Recordaré con melancolía y felicidad todo lo que tú y yo compartimos. No me gustan las despedidas, pero esto es un adiós, sobre todo un gracias por todo. En mi corazón florece la flor de las memorias vividas contigo y florece la alegría que sembraste en mí, al pasar por mi vida. Hasta siempre.

El momento era emotivo. La chica tenía los ojos lagrimosos y la mirada penetrante en Aarón. Esa sería la última vez que se mirarían. Se contemplaron detalladamente para que cada uno viviera por siempre en la mente del otro.

—Antes de irme, toma este cofre. En él hay una carta. Por favor, haz que se cumpla mi voluntad.

La chica no tenía palabras, pero antes de que Aaron se marchara, le detuvo.

—Gracias por aparecer en mi vida, siempre te recordaré. Te he visto madurar, ya no eres el niño que andaba desconcertado en el desfile —decía mientras sonreía la joven. Aarón también sonrió, ella siempre le provocaba esa sensación de felicidad, cada vez que decía algo.

—Esto ya sí que es un adiós. Cada uno tendrá caminos paralelos a partir de aquí, pero creo que algo siempre nos mantendrá juntos, pues son nuestros recuerdos mismos, que perdurarán en la memoria. Adiós.

Antes de irse la chica le dijo:

—Henar, ese es mi nombre. Adiós, Aarón.

Aarón sonrió prolongadamente mientras Henar también lo hacía, emitiendo una sensación de melancolía y positividad. Eran de diferentes mundos, pero no les importaba. Se habían visto muchas veces, pero esa vez se miraron como nunca lo habían hecho. Sus corazones latían acompasados desde el primer momento en el que sus miradas se cruzaron. Siempre se verían a través de los pensamientos anexados, que sostendrán la imagen de cada uno en la inmortalidad de sus pensamientos.

Se alejaron, pero como ya he dicho, siempre se mantendrían unidos.

CAPÍTULO 31
Final de todo

E se podría haber sido un bonito final para la historia, pero mi ética me impide dejar de escribir este relato sin atar todos los cabos sueltos y sin revelar el final de esta historia.

Aarón llegó a la iglesia, allí lo esperaban todos. Estaban apenados, pero querían recordar ese tiempo como una bonita etapa de sus vidas.

Bajaron hasta la sala principal, desde ahí descendieron por el pasadizo vertical hasta el sitio en el cual encontraron la otra mitad de la tabla. El suelo era algo inestable debido a las trampas que había, pero acabaron allí siguiendo los consejos de Elías. Tuvieron cuidado con estas trampas mencionadas, al adentrarse en la cámara, donde antes reposaba una mitad de la tabla, pues la última vez que estuvieron, pudieron comprobar que algunas partes del suelo solo ocultaban un foso que evitaba que los malhechores se acercaran al objeto que San Guillermo dejó en el lugar, cayendo en el engaño.

Todos ellos pusieron la mano sobre la tabla. Pensarían en un tiempo posterior al que viajaron, para no encontrarse con sus yoes del momento, porque si llegaban a una realidad donde desaparecieron viajando a la Edad Media, ocuparían el lugar que dejaron vacío. Para que sea más fácil de entender, imaginemos que desaparecieron el día 3 de un mes, por ir a la Edad Media. Si viajan al día 2, se encontrarán con ellos mismos ese día, pero si viajan al día 4, como ya no estaban, ellos serán la única versión de ellos mismos. Antes de comenzar con el viaje, Alonso empujó bruscamente la tabla a un lado. Estaba nervioso y su ira era notoria. Su imagen se difuminaba con el fondo, convirtiéndose en algo etéreo e irreal. Las partes del suelo engañosas comenzaron a temblar, desprendiéndose y revelando el foso abismal que había por trampa. Alonso empujó a sus amigos hacia el abismo, de una forma surrealista, usando energía. La sala albergaba un torbellino energético, semejante a un huracán, que tenía una fuerza descomunal. Ese entorno era comparable al que se formó cuando unieron las dos mitades de la tabla. Los amigos, a excepción de Alonso, que parecía levitar o integrarse con el ambiente, únicamente se sostenían apoyándose en una piedra del que antes era el suelo, sujeta por la fuerza que circundaba a Alonso, mientras el resto del falso suelo caía. Todos estaban extrañados y asustados. No sabían por qué su amigo Alonso les había arrebatado la tabla, y de dónde surgía ese extraño poder que los sostenía y que había provocado el derrumbamiento del lugar.

—¡¿Por qué nos haces esto?! —exclamó Lara. Alonso respondió con voz malévola. Tenía un carácter contrario al que había mostrado durante todo ese tiempo.

—¿Aún los intrépidos amigos no se han dado cuenta? La carta que encontrasteis iba dirigida hacia el segundo caballero del mal, hermano del primero. Pues, queridos amigos, la firma de "J.M." no pertenece a ningún Juárez; pobre Juárez, el tonto no sabía que yo siempre estuve detrás de todo. Pertenecía a Jorge Mena, mi hermano, porque como ya habrás deducido, yo soy Alonso Mena, segundo caballero del mal. Y sí, yo robé la reliquia y la escondí en la fortaleza. Mi hermano y yo queríamos acabar con este pueblo.

—¿Por qué querías cometer tal atrocidad? —preguntó Aarón antes de que el niño respondiera.

—Fácil, fuimos niños abandonados. Intentamos encontrar refugio aquí, pero el pueblo y la sociedad nos rechazaba, incluidos nuestros progenitores, también riovejanos. Digamos que era una venganza personal hacia el mundo cruel.

—No lo entiendo, si solo eres un niño, ¿cómo vas a ser Alonso Mena? —dijo Marcos. Seguidamente, el niño respondió manteniendo ese tono malvado:

—Bueno, eso es fácil, resulta que estoy muerto, y bien sabréis, sobre todo tú Aarón, que lees muchos libros sobre fantasmas, que los espíritus pueden presentarse en la forma que quieran, adultos, jóvenes..., niños. Por ende, este es el poder espiritual que tengo, el de sostener y derribar estas piedras.

Todo lo que les había contado era mentira. La vida picaresca que llevaba en el presente, que el monje lo condujo a una confusa travesía... El monje, según él, actor, que lo recibió y secuestró, nunca había existido, era un espíritu como él. Todo era parte de su plan. Debía desaparecer antes de que sospecharan algo. Por ese motivo, los caballeros de Joaquín no lo atraparon. Además, nunca tomaba nada ni cogía ningún objeto, ya que era un ser espiritual y no tenía un cuerpo físico. Eso explicaría por qué se apartó cuando sus amigos intentaron abrazarlo, a puertas de la iglesia, tras reencontrarse.

—No es posible que estés muerto, en la Edad Media estás vivo, ¿por qué eres un espíritu si en esta época aún no has fallecido? —Lara estaba confundida al igual que los demás.

—Soy un espíritu que vive en el plano astral del presente, donde yo ya estoy muerto. Por eso pude viajar al pasado como vosotros, como si fuera una persona más. Casualmente viajamos a un pasado donde yo aún seguía vivo, por eso hemos visto a Alonso Mena, soy yo hace siglos. En esta época, yo solía buscar la tabla, con Joaquín y Diego a mi servicio. Mi hermano y yo la necesitábamos para abrir el portal del mal, por eso, este tiene la cualidad de transportar en el tiempo. Mi plan era desaparecer para que mi yo de esta realidad encontrara la tabla como yo hice hace tiempo, pero os habéis interpuesto en su camino, en el mío. Si os lleváis la tabla ahora, mi yo de este momento no la podrá hallar, y según el efecto mariposa, si no la encuentro en esta época, nunca pude abrir el portal del mal. Debo entregársela a mi yo de esta realidad alternativa para que pueda abrir dicho portal, y que todo siga su curso natural. Llegados a este punto, también me gustaría aplaudiros. Sois los primeros que han llegado tan lejos, aunque hayáis acabado en el medievo. Ni el comandante pudo darse cuenta de que la reliquia siempre permaneció en el castillo. Bueno… Creo que ha llegado nuestra despedida. Solo puedo deciros adiós y gracias por la tabla. Hasta luego, buen viaje, y como diría mi hermano: "Nunca sabes si vives en una mentira, por eso es bueno decir adiós todos los días"; dicho esto, hasta nunca.

Con esas palabras, Alonso dejó caer la piedra que sostenía con su energía, y como resultado a los amigos por el profundo foso, en un grito colectivo desgarrador.

En este preciso instante, creo que deberías saber el contenido de la última carta que Aarón le dio a Henar. Después de que se fuera, ella la abrió con el propósito de cumplir la voluntad de Aarón:

Cuando se lea esta carta, yo ya no estaré, digamos que siempre fui de "otro mundo". Me gustaría ceder mi título nobiliario a mi buen amigo, don Pelayo de Rioviejo, quien me concedió la oportunidad de dirigir el vizcondado de Punta Herrero para que lo rescatara de la miseria, ahora que he cumplido con mi parte, quiero que estas tierras vuelvan a su verdadero señor. Quiero que mi dinero y pertenencias sean entregados a aquellos que viven en la pobreza. Mi palacio se convertirá en un hospital y en un centro de estudio para aquellos que

quieran instruirse en Medicina; por supuesto, Amadeo ocu-
pará un lugar en ese centro para formarse como doctor. Las
pócimas y escritos de Medicina que tengo permanecerán en el
lugar para la disposición de los médicos y estudiantes. Mi ca-
ballo será para Ignacio, quien lo cuidará como es debido. Mis
viñedos y bodega pasarán a ser parte de Duncan. Quiero que
mis libros sean usados por gente que quiera formarse pero que
no tengan el poder adquisitivo para ello. El contenido mo-
netario de este pequeño cofre se destinará a la creación de un
lugar donde los niños puedan acceder gratuitamente a una
formación educativa. Se construirá en la taberna embargada
del detenido, Joaquín de Angaque. Por último, quiero que
el juzgado local de Punta Herrero que instauré siga funcio-
nando a cargo de Ignacio, como alguacil, acompañado por
un consejo conformado por el pueblo y no por aristócratas.
No tengo ningún bien material más para dejar, por eso solo
puedo dejar mis aventuras y agradecimientos a aquellas per-
sonas que me ayudaron y se portaron bien conmigo, siempre
los tendré en mis recuerdos.
Firmado: Aarón Salcedo, vizconde de Punta Herrero.

Antes de marcharte y abandonar esta historia en el olvido, quiero aclarar que, aunque muchos piensen que los cuatro niños murieron, que desaparecieron o que simplemente nunca existieron, se equivocan, porque si no, yo, Aarón Salcedo, no estaría contando esto.

Ahora sí, no tengo nada más que decir, pues la historia finalmente ha llegado a su fin, pero aún no me escucharás decir adiós, sino: hasta la próxima… ¿Cierto?